조선 소녀 찔레

찔레
조선소녀
심진규 지음
다른

| 차례 |

채찍비

해가 질 무렵이었다. 투둑! 하늘에서 빗방울이 떨어졌다. 메마른 땅에 떨어진 빗방울이 먼지를 일으키며 금세 말라 버렸다. 그런데 바람이 불며 먹구름이 짙어지더니 이내 채찍비*로 변했다. 많은 비가 내리며 땅에 물길이 생겼다. 오랜 가뭄 끝에 내린 단비였다. 강한 빗줄기가 찔레의 여윈 몸을 후려쳤다. 찔레가 빗줄기에 휘청거렸다. 창고에 갇혀 손발이 묶인 채 대들보에 매달려 채찍으로 맞던 날이 떠올랐다. 채찍은 찔레의 몸에 상처를 남겼지만, 세차게 내리는 비는 마른 대지와 찔레의 목을 적셔 주었다.

찔레는 비가 내리는 하늘을 향해 입을 벌리고 섰다. 입안으로 들어오는 빗물에 말랐던 목구멍이 젖는다. 쩍쩍 갈라져 상처 난 입술에 빗물이 닿았다. 찔레가 잠시 인상을 찌푸렸지만, 상처의

* 굵은 빗줄기가 세찬 바람을 타고 휘몰아치며 쏟아지는 비

쓰라림보다 목마름을 없애 주는 비에 고마운 마음이 더 컸다.

찔레는 며칠 동안 물 한 모금 마시지 못했다. 아침에 풀잎에 맺힌 이슬로 목을 축일 뿐이었다. 산에는 국경을 넘어 조선으로 가려는 노예를 잡으려는 병사들과 노예 사냥꾼이 득시글거렸다. 찔레는 그들의 눈을 피해 낮에는 풀숲에 숨었다. 더위와 배고픔, 갈증은 견디기 힘든 고통이었다. 어둠이 내려오고 나서야 움직일 수 있었다. 어둠이 내려앉은 산은 위험했다. 사람의 땀 냄새를 맡은 맹수가 어디서 달려들지 알 수 없는 노릇이었고, 앞이 잘 보이지 않는 산길을 가다가 발이라도 헛디디는 날에는 낭떠러지로 떨어져 목숨을 잃을 수도 있었다. 하루라도 빨리 산을 넘어 국경에 닿고 싶었다. 하지만 서두르다가 일을 망칠 수 있었다. 찔레는 배고픔과 목마름을 참으면서 어둠 속을 천천히 걸었다.

'아버지! 달래야!'

아버지와 동생의 얼굴이 떠올랐다. 어떻게든 국경을 넘어 집으로 돌아가야 했다. 찔레가 손으로 빗물을 받아서 마셨다. 목을 축이고는 걸음을 뗐다. 하지만 빗줄기가 거세 몇 걸음 가지 못하고 주저앉았다. 비 때문에 앞이 잘 보이지 않았다. 미끄러워 발을 내디딜 수 없었다. 젖은 옷은 찔레를 더욱 힘들게 했다. 조금 전까지는 목마름을 해결해 주던 고마운 비가 찔레의 발목을 잡았다. 찔레는 할 수 없이 커다란 나무 아래에 쪼그리고 앉아 비를 피했다. 젖은 옷을 벗어 손으로 비틀어 짠 다음에 다시 걸쳤다. 한여름이었지만 몸이 비에 젖었고 바람까지 불어 찔레는 오들오들 떨며 밤을 보내야 했다.

찔레가 소스라치게 놀라며 자리에서 일어났다. 해가 뜨기 전에 몸을 숨겼어야 하는데 잠이 들어 버린 것이다. 숨을 만한 곳을 찾아 골짜기로 내려갔다. 칡넝쿨이 우거진 곳이 보였다. 찔레가 조심스럽게 넝쿨을 헤치고 안으로 들어갔다. 넝쿨 안에서 바깥을 살폈다. 다행이었다. 주위에 병사나 노예 사냥꾼의 모습은 보이지 않았다.

"휴, 살았다."

찔레가 바닥에 털썩 앉았다. 넝쿨 사이로 산 아래가 보였다. 멀리 강이 보였다. 병사들에게 잡혀 건너온 강이었다. 오늘 밤, 저 강을 건넌다면 다시 조선 땅으로 돌아갈 수 있다. 마음은 이미 집에 도착해 있었다. 아버지와 달래를 끌어안고 그동안 있었던 일을 이야기하며 하염없이 울고 싶었다. 찔레는 하루만 더 참고 견디자고 자신에게 말했다.

"어? 저게 뭐지?"

발아래에 뭔가 보였다. 찔레가 고개를 숙여 자세히 보았다. 더덕이었다. 약초꾼인 아버지를 따라다닌 덕에 어지간한 약초는 잎만 봐도 뭔지 알 수 있었다. 찔레가 서둘러 손으로 흙을 팠다. 며칠째 먹은 것이 거의 없었다. 더덕을 먹으면 힘이 날 것 같았다. 흙을 파고 조심스레 더덕을 뽑았다. 찔레가 더덕에 묻은 흙을 옷에 닦고 껍질을 벗기기 위해 더덕을 한 입 베어 물었다. 그때, 칡넝쿨 사이로 시퍼런 칼이 들어왔다. 칼날이 찔레의 목을 스쳤다. 곧이어 우악스러운 손이 찔레의 목을 움켜쥐었다. 찔레가 손을 떼어 내려고 했지만 어림도 없었다. 찔레는 사내의 손에 끌려 나와 바닥에 동댕이쳐졌다.

"쥐새끼가 숨어 있었군."

'저 강만 넘으면….'

거의 다 왔다고 생각했는데 붙잡히다니, 억울하고 분했다. 찔레가 끌려가지 않으려고 버둥거렸다. 등 뒤에서 따라오던 사내가 채찍을 휘둘렀다. 채찍에 맞은 찔레가 자리에 풀썩 쓰러졌다. 바닥에 쓰러진 찔레의 눈에서 눈물이 주르륵 흘러내렸다. 사내의 거친 손이 찔레의 머리칼을 움켜쥐었다. 찔레는 사내의 손에 끌려 산에서 내려왔다. 찔레의 볼을 타고 흐른 눈물이 땅바닥에 떨어졌다.

나라 잃은 백성

북풍이 할퀴고 간 상처가 아물기도 전에 조선의 산과 들이 또 다시 오랑캐의 말발굽에 짓이겨졌다. 다른 것이 있다면 10년 전에는 마을마다 들러 사람들을 죽이고 가축을 빼어 갔던 후금이 나라 이름을 청으로 바꾸고 다시 쳐들어와 이번에는 곧바로 한양으로 말을 달렸다. 그들의 목적은 변방에서 노략질하는 것이 아니었다. 조선의 임금을 자신들의 발아래 무릎 꿇리는 것이 목적이었다.

임금은 대소신료들이 모인 자리에서 청나라와의 결사 항전을 명령했다. 그러면서도 자신은 강화도로 몸을 피하려 했다. 하지만 강화도로 가는 길은 청의 병사들에게 막혀 버렸다. 임금은 청나라와 끝까지 싸우겠다는 다짐으로 신하들을 데리고 남한산성으로 들어갔다. 하지만 그것은 항전이 아니라 고립이었다. 결국 임금은 성에 들어간 지 37일 만에 무릎을 꿇고 말았다.

황해도 땅에도 남쪽에서 벌어지는 전쟁 소식이 들려왔다. 임금과 신하들이 한양 밖 산성에서 오랑캐와 싸우고 있으며, 전국에서 임금을 구하기 위한 군대가 모여들고 있다고 했다.

"찔레야!"

산돌이가 찔레를 부르며 마당으로 들어섰다. 찔레가 방문을 벌컥 열며 화를 냈다.

"너, 오지 말랬지? 아주머니 보시면 또 경을 치려고 그러니?"

"얻어맞아도 내가 맞아. 넌 걱정하지 마."

산돌이는 어머니에게 혼날 것은 걱정도 안 되는지 마루에 털썩 앉았다. 손에 들고 있던 보퉁이도 내려놓았다. 또 어머니 몰래 보리쌀을 가져온 모양이었다.

"이런 거 가져오지 마. 내가 거지냐?"

산돌이는 마루에 놓았던 보퉁이를 집어 들고 부엌으로 들어가더니 곡식 항아리를 열고 보리쌀을 부었다. 바닥에 낟알 몇 개뿐이던 항아리가 절반 가까이 찼다. 행여라도 찔레가 도로 가져가라고 할까 봐 얼른 항아리에 보리쌀을 부어 버린 것이다.

"전쟁이 끝났대."

산돌이가 빈 자루를 들고 부엌에서 나오며 말했다.

"뭐? 우리가 이긴 거야? 그럼 오랑캐들이 물러간 거야?"

찔레가 깜짝 놀라 마루로 나오며 물었다. 한숨을 내쉬며 고개를 저었다.

"아니. 주상 전하께서 항복하셨대. 청나라 황제에게 무릎을 꿇고 땅바닥에 머리를 찧으셨대."

산돌이는 들은 이야기를 전하며 마루를 주먹으로 쳤다. 찔레도 놀라서 입이 벌어졌다. 임금이 항복하고 무릎을 꿇었다면 이제 백성들은 어찌 되는 것일까? 조선 땅 전체가 청나라의 것이 되는 걸까?

"찔레야, 그래서 말인데, 우리 얼른 혼인하자."

찔레 눈이 왕방울만 하게 커졌다. 나라가 망했다는데 혼인 이야기나 하는 산돌이가 한심했다.

"뭐라고? 너는 지금 그게 할 소리야?"

찔레가 흙마루에 세워 둔 싸리비로 산돌이의 등을 후려쳤다. 산돌이가 벌떡 일어나 마당으로 내려섰다. 맞은 곳이 아픈지 몸을 배배 꼬며 말했다.

"그냥 하는 소리가 아니야. 청나라 병사들이 곧 자기 나라로 돌아갈 거래. 그런데 돌아가면서 조선 사람들을 잡아갈 거라는 소문이 돌고 있단 말이야. 처녀들을 모조리 끌고 간대. 그러니까 혼인하자는 거야. 신랑이 있으면 잡아가지 않을 거 아냐."

찔레는 아무 말도 할 수 없었다. 산돌이가 이렇게까지 자신을 생각해 줄 거라곤 생각하지 못했다. 산돌이에게 고마웠다. 그러나 산돌이네 어머니를 떠올리면 가슴이 답답했다. 산돌 어머니가 절대로 허락할 리 없었다.

"산돌아!"

찔레가 산돌이를 빤히 쳐다봤다. 찔레가 잠시 말을 멈췄다가 입을 열었다.

"고마워."

찔레의 말에 산돌이가 환하게 웃으며 흙마루로 올라섰다. 산돌이가 찔레의 손을 덥석 잡았다.

"언제 할까? 나는 내일이라도…."

혼인날을 미룰 까닭이 없었다. 산돌이는 말 나온 김에 날도 잡고 어머니께 말씀드려 허락도 받을 심산이었다. 하지만 찔레는 고개를 저었다.

"네 맘 알아. 그래서 고마워. 하지만 그건 안 될 말이야."

방 안에서 기침 소리가 들렸다. 주무시는 줄 알았던 아버지가 다 듣고 계셨던 모양이다. 찔레가 방 쪽을 한 번 쳐다보더니 산돌에게 다가가 작은 소리로 말했다.

"산돌아, 나 안 잡혀갈 거야. 아무 데도 안 가고 집 안에 꼭꼭 숨어 있을게. 달래랑 아버지 두고 내가 어딜 가니? 그러니 이제 내 걱정은 하지 말고 어머니께 좋은 혼처 알아봐 달라고 해."

"왜? 왜 안 되는데?"

"몰라서 물어? 고집 그만 부리고 얼른 집에 가. 아주머니 아시기 전에."

찔레는 말을 마치고 방으로 들어가 문을 닫았다.

"어머니께 맞아 죽는 한이 있어도 말할 거야. 너랑 혼인할 거라고."

산돌이는 닫힌 방문을 향해 소리쳤다. 방에선 아무런 대답도 없었다. 산돌이는 하는 수 없이 돌아섰다. 하지만 어떻게든 어머니를 설득해 찔레와 혼인하리라 마음먹었다. 찔레를 지킬 방법은 그것뿐이었다.

"산돌 오라버니, 언제 왔어?"

동무들과 놀던 달래가 집으로 들어서다 산돌이를 보고 반가워 달려왔다. 하지만 산돌이는 대꾸도 없이 나가 버렸다.

"언니, 산돌 오라버니 왜 저래?"

달래가 방으로 들어서며 찔레에게 물었다. 찔레는 아버지 옆에 앉아 다리를 주무르고 있었다.

"아버지, 아버지 잘못 아니에요."

"아니다. 이 아비가 못나서 네 앞길을 막는구나. 쿨럭쿨럭!"

"아버지, 왜 그런 말씀을 하세요. 그리고 산돌이는 신랑감으로 별로예요. 얼른 나으셔서 좋은 신랑감 찾아 주세요."

아버지는 대답은 하지 않고 끙 소리를 내며 몸을 돌려 누웠다. 찔레는 10년 전 그날을 떠올렸다.

열여섯 살에서 예순 살까지 남자들은 모두 전쟁터로 나오라는 나라의 명이 있었다. 찔레와 산돌이네 마을에도 병사들이 찾아와 남자들을 끌고 갔다. 집에서 약초를 말리던 산돌 아버지와 찔레 아버지가 병사들에게 끌려 나왔다.

"부탁합니다. 이 사람은 남게 해 주십시오."

산돌 아버지가 병사들에게 빌며 사정했다.

"무슨 소리야? 어명을 어길 셈이야?"

"이 사람은 얼마 전에 마누라 죽고, 어린 딸만 둘 있습니다. 아비가 떠나고 나면 어린 딸들은 어쩌란 말입니까? 제가 더 열심히 싸우겠습니다. 그러니…."

옆에 있던 군관이 칼집으로 산돌 아버지의 배를 쳤다.

"이놈이 무슨 한가한 소리를 하고 있어!"

산돌 아버지가 배를 움켜쥐며 주저앉았다.

"이보게 덕구, 괜찮은가?"

산돌 아버지가 겨우 고개를 끄덕였다.

"뭐 해? 어서 끌고 가."

군관이 병사들을 향해 소리쳤다. 찔레 아버지가 산돌 아버지를 부축했다. 두 사람을 비롯한 마을 남자들은 모두 전쟁터로 끌려갔다. 잠든 달래를 업은 어린 찔레의 눈에서 눈물이 뚝뚝 떨어졌다. 찔레 아버지가 자꾸만 뒤를 돌아봤다. 어린 딸 둘만 두고 가는 발걸음이 천근만근 무거웠다.

아버지가 전쟁터로 끌려간 후 찔레는 어린 달래를 업고 이 집 저 집 돌아다니며 허드렛일을 도왔다. 먹을거리를 얻기 위해서였다. 하지만 여섯 살 아이가 할 수 있는 일은 많지 않았다. 끼니를 때우는 날보다 굶는 날이 더 많았다. 먹은 것이 없어 울다 지쳐 잠든 달래의 가슴께를 토닥이며 찔레는 눈물을 삼켰다. 어느 날, 찔레는 대추나무집 할머니를 찾아갔다. 산에 가서 주워 온 삭정이를 가져다 드리고 보리쌀 몇 줌을 얻었다. 난리 통에 아들, 며느리가 다 죽고 혼자 남은 할머니였다. 할머니는 그나마 조그만 밭이 있어 양식 걱정은 덜했다. 하지만 거동이 힘들어 산에 나무하러 갈 수가 없었다. 방에 불 때는 일이 걱정이었다. 그걸 알고 찔레가 산에 가서 삭정이를 주워 온 것이었다.

"어린 것이 얼마나 고생이 많을꼬. 언제라도 먹을 게 떨어지면 오너라."

할머니는 찔레의 작은 손에 보리를 몇 줌 쥐어 주며 눈물을 훔쳤다. 할머니가 부엌으로 가더니 누룽지를 가지고 나왔다. 할머니가 누룽지를 달래 입에 넣어 주었다. 고소한 것이 들어가니 달래가 누룽지를 쪽쪽 빨았다. 달래는 침을 흘리면서 맛있게도 먹었다.

"이것도 가져가거라."

할머니는 누룽지도 한 움큼 찔레 손에 쥐어 주었다.

"고맙습니다. 할머니."

찔레가 할머니께 인사하고 서둘러 집으로 향했다. 손에 들고 있던 누룽지를 조금 떼어 입에 넣었다. 집에 가서 먹으려고 했지만, 배가 너무 고팠다. 입안 가득 퍼지는 고소한 맛에 허기가 몰려왔다.

"조금만 기다려. 집에 가서 언니가 보리죽 끓여 줄게."

찔레가 제 등에 업힌 달래에게 말했다. 달래는 잠이 들었는지 숨소리만 들렸다. 누룽지를 빨아먹다가 잠이 든 모양이었다. 집에 도착한 찔레는 달래를 마루에 눕혔다. 그러고는 서둘러 부엌으로 들어갔다. 보리죽을 끓이려고 아궁이를 살폈다. 하지만 아궁이엔 불씨가 남아 있지 않았다. 종일 밖으로 돌아다니느라 불씨를 살피지 못한 것이다. 불씨를 얻으러 가야 했다. 부엌문을 열고 나서려는데 산돌 어머니가 산돌이 손을 잡고 마당으로 들어섰다.

"아주머니!"

"찔레야!"

산돌이가 찔레를 보고 반가워 달려왔다.

"어디 가니? 저녁은 먹었고?"

찔레는 고개를 가로저었다. 산돌 어머니의 눈이 찔레 손으로 향했다. 찔레는 손에 사금파리 조각을 들고 있었다.

"아궁이에 불이 꺼졌어요. 아주머니 댁에 불씨 얻으러…."

산돌 어머니가 찔레의 추레한 행색을 보더니, 한숨을 내쉬었다.

"오늘부터 우리 집에서 지내자. 네 아버지나 산돌이 아버지나

언제 올지, 아니 영영 못 돌아올지….”

산돌 어머니는 말을 맺지 못했다. 남편 생각에 목구멍이 턱 막혔다.

“어머니, 그럼 찔레랑 달래 우리 집에서 같이 살아?”

산돌이가 신나서 물었다. 산돌 어머니가 고개를 끄덕였다. 산돌이가 제자리에서 폴짝폴짝 뛰며 좋아했다.

“네 어머니 돌아가실 때 너희 자매 잘 보살피겠다고 약속했다. 그러니 우리 집으로 가서 같이 살자. 내가 여기저기 삯일이라도 다니면 네 식구 입에 풀칠은 하겠지.”

산돌 어머니는 찔레와 달래에게 살갑게 대해 주었지만, 찔레는 마음이 편치 않았다. 아무 일도 안 하고 지내면 안 될 것 같았다. 찔레는 아침 일찍 일어나 방 청소와 부엌일을 했다.

“어린 네가 뭘 한다고 이러니? 그냥 있어라. 내가 할 테니까.”

산돌 어머니도 말은 그렇게 했지만, 비질과 걸레질은 물론 부엌일도 제법 살뜰하게 하는 찔레가 기특했다. 한편으론 어린 나이에 고생하는 찔레를 보면 안쓰러운 마음이 들었다. 그럴수록 남편과 찔레 아버지가 어서 무사히 돌아오기를 바랐다.

늦은 밤, 찔레가 방문을 열고 나섰다. 밤마다 산돌 어머니는 마당에 나갔다가 한참 만에 들어왔다. 찔레는 산돌 어머니가 뭘 하는지 어렴풋이 알 것 같았다. 산돌 어머니는 밤마다 장독대 위에 물을 떠 놓고 성주신께 빌었다. 남편이 전쟁터에서 무사히 살아 돌아오길 바라는 마음이었다.

"아주머니, 저도 같이 빌어도 돼요?"

찔레의 말에 산돌 어머니가 뒤를 돌아봤다.

"밤이 늦었는데, 안 잤니?"

찔레가 대답 대신 고개를 끄덕였다.

"너도 네 아버지가 걱정되는구나? 그래. 같이 빌자. 둘이 빌면 더 잘 들어주시겠지."

찔레는 산돌 어머니를 따라 손바닥을 비비며 정성을 다해 빌었다. 부디 아버지가 무사히 돌아오게 해 달라고.

산돌 어머니는 밭에 일 나가고 집에는 산돌이와 찔레, 달래만 남았다. 산돌이와 찔레는 공깃돌을 가지고 놀았고 달래는 방에서 낮잠을 자고 있었다. 마당으로 한 남자가 비척비척 들어서더니 마당 한가운데 풀썩 쓰러졌다. 깜짝 놀란 찔레가 마루로 올라섰다. 산돌이는 찔레를 한 번 쳐다보더니 남자에게 다가갔다.

산돌이가 쓰러진 사내를 흔들었다. 마루 위에서 보고 있던 찔레가 한 발 더 뒤로 물러서며 말했다.

"산돌아, 하지 마. 나 무서워."

산돌이가 사내의 얼굴을 옆으로 돌렸다. 사내의 얼굴을 본 산돌이가 깜짝 놀라며 찔레를 불렀다.

"찔레야, 아저씨야."

찔레는 산돌이가 무슨 말을 하는지 몰라 빤히 쳐다보기만 했다.

"너희 아버지라고."

"아버지?"

아버지라는 말에 찔레가 마당으로 내려왔다. 과연 아버지였다. 온몸이 피투성이고 얼굴엔 여기저기 긁힌 상처가 가득했다.

"아버지!"

찔레가 아버지 얼굴을 손으로 만져 봤다. 시커먼 얼굴이 마치 죽은 사람 같았다. 찔레의 눈에서 눈물이 뚝 떨어졌다. 산돌이가 창고로 가더니 둘둘 말린 멍석을 꺼내 왔다. 제 키보다 큰 멍석을 끙끙대며 끌었다. 찔레가 일어나 산돌이를 도와 멍석을 옮겼다. 둘은 마당에 멍석을 깔았다. 두 아이가 낑낑대며 찔레 아버지의 몸을 돌렸다. 산돌이가 방으로 가더니 이불을 가지고 나와 찔레 아버지의 몸에 덮어 주었다. 찔레가 아버지의 코에 귀를 대 보았다. 가늘게 숨소리가 들렸다.

"에구머니. 이게 무슨 일이니?"

마침 밭일을 마치고 마당에 들어서던 산돌 어머니가 놀라 달려왔다. 산돌 어머니가 찔레 아버지의 몸을 흔들었다.

"찔레 아버지, 정신 좀 차려 봐요."

찔레 아버지가 힘겹게 눈을 떴다.

"찔레 아버지!"

찔레 아버지가 산돌 어머니의 눈을 바라봤다. 하지만 이내 다시 눈이 감겼다. 깊은 잠에 빠져든 것 같았다. 산돌 어머니는 찔레에게 아궁이에 불을 넣으라고 하더니 마을로 가서 어른들을 데리고 왔다. 어른들이 찔레 아버지를 방으로 옮겼다. 찔레는 젖은 수건으로 아버지 얼굴과 몸을 닦았다. 상처에 젖은 수건이 닿을 때마다 아버지가 움찔하며 인상을 썼다.

"아버지는 정신이 드셨니?"

산돌 어머니가 방에서 나오는 찔레에게 물었다. 찔레가 말없이 고개를 가로저었다. 산돌 어머니는 찔레가 안쓰러웠다. 한편으로는 산돌 아버지는 어떻게 된 것인지 한시라도 빨리 알고 싶었다. 하지만 찔레 아버지가 깨어나지 못하니 마음만 답답할 뿐이었다.

찔레 아버지는 사흘 만에 겨우 정신을 차렸다.

"찔레 아버지, 죽 좀 드세요."

산돌 어머니가 죽을 끓여 들고 들어왔다. 흰쌀로만 끓인 죽이었다. 남편이 돌아오면 따뜻한 밥 지어 주려고 부엌 깊숙한 곳에 숨겨 두었던 쌀이었다. 찔레 아버지는 누운 채 고개를 가로저었다.

"입맛이 없어도 드셔야 해요. 드시고 기운 차리셔야지요."

찔레 아버지는 겨우 몸을 일으켰다.

"고맙습니다."

찔레 아버지가 숟가락을 들었다. 죽을 한 숟갈 떠서 입에 넣는가 싶더니 갑자기 울음을 터트렸다.

"아버지!"

"찔레 아버지, 왜 그러셔요? 어디 아프셔요?"

찔레와 산돌 어머니가 찔레 아버지를 보며 깜짝 놀랐다. 찔레 아버지는 어깨까지 들썩이며 울었다. 얼굴은 눈물과 콧물, 입에서 흘러나온 죽으로 범벅이 되었다.

"죄송합니다. 덕구가… 저 대신…"

찔레 아버지가 울음 섞인 목소리로 간신히 이야기했다. 남편 이름이 나오자 산돌 어머니가 깜짝 놀랐다.

"산돌 아버지가 왜요?"

"그놈들이 성벽을 타고 오르기 시작했어요. 소리를 지르며 짐승처럼 덤벼드는데 너무 무서웠어요."

찔레 아버지는 흐느끼며 겨우 입을 열었다.

평양성으로 쳐들어온 후금 병사들은 마치 사냥감을 만난 맹수 같았다. 조선군은 무섭게 달려드는 그들을 힘으로 당할 수가 없었다. 아무리 활을 쏘고 돌을 던져도 후금 병사들이 끊임없이 성벽을 기어올랐다. 성벽을 기어오른 후금 병사들이 휘두르는 칼에 조선의 병사들은 힘을 쓰지 못하고 쓰러졌다. 찔레 아버지 칠석은 살아야겠다는 생각밖에 없었다. 반드시 살아서 찔레와 달래가 있는 집으로 돌아가야 했다. 넘어지고 부딪히면서도 눈앞에 있는 적을 향해 창을 휘두르고 찔렀다. 그때 북소리가 들렸다. 퇴각하라는 신호였다.

"이보게 칠석이, 어서 도망치세."

덕구가 칠석의 손을 잡았다. 둘은 죽을힘을 다해 달렸다. 후금 병사들이 뒤를 바짝 쫓아오고 있었다. 두 사람은 멀리서 날아오는 화살을 피하려고 일부러 갈지자之를 그리며 달렸다. 성안의 마을을 지나 숲으로 들어섰을 때였다. 덕구가 뒤를 돌아보더니 갑자기 칠석의 몸을 덮치며 엎드렸다. 칠석은 덕구의 몸에 깔렸다. 칠석이 깜짝 놀라며 몸을 일으키려 했다.

"가만히 있게. 저놈들이 지나가고 나면 일어나게. 죽은 척… 쿨럭!"

덕구는 말을 채 마치지 못하고 입에서 피를 토했다.

"이보게, 덕구!"

칠석이 고개를 돌렸다.

"칠석이, 자넨… 꼭 살아남게. 꼭! 그리고 집에… 가거든 우리… 산돌이 잘 살펴 줘."

"무슨 소리야? 같이 집에 가야지."

덕구가 힘겹게 손을 올리더니 칠석의 얼굴을 가렸다.

"눈… 감아. 잠…깐이면…."

잠시 후, 덕구의 몸이 축 늘어졌다. 그때 말발굽 소리와 병사들의 외침이 들렸다. 땅이 흔들렸다. 후금 병사들이 지나가며 조선 병사들의 시체를 칼과 창으로 찔렀다. 정말 죽었는지 확인하는 것이었다. 덕구의 몸이 출렁 움직였다. 후금 병사가 찌른 창이 덕구의 몸을 관통해서 칠석의 옆구리를 찔렀다.

"읍!"

차가운 쇠가 옆구리를 찌르고 빠져나갔다. 칠석은 소리를 내지 않기 위해 이를 악물었다.

한참이 지나고 칠석은 눈을 떠 주위를 둘러보았다. 후금 병사들이 보이지 않았다. 칠석은 자기 몸 위에 쓰러진 덕구를 옆으로 밀어냈다. 옆구리를 손으로 움켜쥐며 칠석은 겨우 몸을 일으켰다. 덕구의 왼쪽 등에 화살이 박혀 있었다. 칠석이 덕구의 몸을 옆으로 눕혔다.

"이… 으으으. 이보게 덕구. 정신 차려. 어서! 집에 가야지. 응?"

칠석이 덕구의 얼굴을 손으로 쓰다듬었다. 금방이라도 다시 일어날 것만 같았다. 하지만 덕구는 미동도 하지 않았다. 칠석의 입에서는 짐승의 울부짖음 같은 울음이 터져 나왔다. 하지만 칠석은 손으로 입을 틀어막았다. 삼키지 못한 울음이 손가락 사이로 흘러나왔다. 칠석은 이를 악물고 울음을 삼켰다. 혹시라도 아직 근처에 있는 후금 병사들의 귀에 들릴지도 몰랐다.

겨우 울음을 삼킨 칠석이 주위를 둘러보았다. 피 흘리며 쓰러진 조선 병사들의 시체가 산길에 가득했다. 땅 위엔 피가 물줄기처럼 흘렀다. 칠석은 힘겹게 몸을 일으켰지만 덕구의 시신을 수습할 생각조차 못 했다. 언 땅을 팔 수도 없었다. 어디선가 후금 병사들이 나타날 것만 같았다. 무서웠다. 칠석은 겨우 커다란 나무 아래로 덕구의 시신을 옮긴 다음 낙엽으로 덮어 두었다. 간신히 목숨을 구한 칠석은 며칠을 걸어 겨우 집으로 돌아왔다.

"죄송합니다. 덕구가 저를 구하려다가…."

산돌 어머니가 마른 흙벽 무너지듯 바닥에 쓰러졌다.

"어머니!"

"아주머니!"

산돌이와 찔레가 달려들어 산돌 어머니의 몸을 주물렀다. 산돌 어머니 입에서 꺽꺽 목을 찢는 울음이 터져 나왔다. 산돌 어머니가 몸을 일으켜 찔레 아버지에게 물었다.

"찔레 아버지, 제 남편 잘 보내 주셨죠?"

찔레 아버지가 고개를 저었다.

"미안합니다. 너무 무서웠어요. 미안해요. 정말 미안해요."

"예? 그럼 죽은 산돌 아버지를 그냥 두고 왔단 말이에요?"

"나무 아래, 낙엽으로…."

시체가 즐비한 그곳에서 언 땅을 파고 남편의 시신을 묻어 주는 것이 불가능하다는 것을 산돌 어머니도 알고 있었다. 하지만 남편과 함께 갔다가 혼자 살아 돌아온 찔레 아버지 얼굴을 마주하고 앉아 있으니 가슴이 찢어지는 것 같았다. 남편을 전쟁터에 끌고 간 나라보다 혼자 살아 돌아온 찔레 아버지가 더 원망스러웠다.

산돌 어머니가 찔레를 보며 방문을 가리켰다.

"찔레야, 아버지 모시고 집에 가거라. 찔레 아버지, 미안하지만 나가 주세요. 찔레 아버지를 쳐다보고 있을 수가 없네요. 내 마음이 그래요."

찔레 아버지가 힘겹게 일어섰다. 찔레가 옆에서 아버지를 부축했다.

"산돌 어머니, 정말 미안합니다."

아버지와 찔레, 달래는 그렇게 쫓겨나듯 집으로 돌아왔다. 그날 이후로 산돌 어머니는 찔레와 달래를 보면 일부러 피했다. 산돌이가 찔레와 노는 것을 보면 달려와 산돌이를 때리며 둘을 떼어 놓았다. 어린 찔레는 산돌 어머니가 야속했다. 하지만 10년이 지난 지금은 그 마음을 이해할 수 있었다. 남편의 시신조차 수습하지 못한 산돌 어머니 마음이 어떨지 알 것 같았다. 찔레는 야속한 마음보다 산돌 어머니에게 미안한 마음이 더 컸다. 그래서 산돌이의 마음을 더욱 받아 줄 수 없었다.

"달래야, 아버지 다리 좀 주물러 드려."

찔레는 방문을 열고 밖으로 나왔다. 바람이 차가웠다. 찔레는 방에 불을 넣으려고 부엌으로 갔다. 나뭇가지를 넣자 사그라들었던 불이 금세 다시 타올랐다. 아궁이 속 불이 제멋대로 흔들렸다. 마치 춤을 추는 것 같았다. 찔레는 자기 마음도 모르고 신나서 춤추는 불이 미웠다. 나뭇가지를 툭 던져 넣었다. 불꽃이 아궁이 밖으로 혀를 날름거렸다. 마치 찔레에게 덤벼드는 것 같았다. 찔레가 놀라며 뒤로 물러나 앉았다.

아궁이 앞에서 찔레는 산돌이를 떠올렸다. 만날 찔레 뒤를 졸졸 쫓아다니며 실없는 소리만 하는 줄 알았다. 그런데 오늘 보니 산돌이는 찔레가 생각한 것보다 더 찔레를 걱정하고 있었다. 산돌이를 생각하니 가슴이 뛰었다. 찔레는 산돌이와 한집에서 함께 사는 상상을 했다.

밖에 나갔던 산돌이가 아이 손을 잡고 집으로 들어오며 찔레를 부른다.

"임자, 나 왔어."

부엌에서 저녁밥 짓던 찔레가 행주치마에 손을 닦으며 나간다. 아이가 찔레를 향해 달려온다. 찔레가 아이를 안아 준다. 산돌이가 그런 둘을 보며 흐뭇하게 웃는다.

찔레 얼굴이 붉어졌다. 아궁이의 열기 때문인지 산돌이를 떠올려서인지 알 수 없었다.

이별

"언니, 언니!"

달래의 다급한 목소리가 들렸다. 찔레가 깜짝 놀라 헐레벌떡 부엌에서 나왔다. 마당엔 청나라 병사들이 칼을 들고 서 있었다. 병사 한 명이 달래를 어깨에 둘러멘 채 웃고 있었다. 달래는 발을 구르며 내려 달라고 소리를 질렀다. 달래가 동무들과 놀고 있는데 덩치 큰 청나라 병사들이 마을에 들이닥쳤다. 달래와 동무들이 사방으로 흩어졌다. 달래는 병사들을 피해 집으로 도망쳤다. 그러나 집에 거의 다 와서 병사들에게 붙잡히고 말았다.

"달래야!"

찔레가 병사에게 달려가서 달래를 떼어 내려 했다.

"언니!"

찔레를 본 병사가 달래를 땅에 내려놓더니 찔레의 팔을 잡아당겼다. 찔레가 끌려가지 않으려고 버텼다. 그러자 병사의 다른 손이 찔레의 목을 움켜쥐었다. 찔레는 숨이 막혀 왔다.

"요런 쪼끄만 계집보다는 그 계집이 더 낫겠구먼. 으하하."

병사들 뒤에서 조선말이 들렸다. 병사가 찔레의 목을 쥐었던 손을 풀더니 옆으로 비켜섰다. 사내가 병사의 팔을 툭툭 치며 앞으로 나섰다. 사내가 청나라 말로 병사들에게 무어라고 명령했다. 병사들이 물러섰다. 사내는 찔레의 얼굴에 제 얼굴을 가까이 가져다 대며 실실 웃었다.

"어떠냐? 네 동생을 보낼 테냐? 네가 갈 테냐?"

찔레는 사내의 말이 무엇을 뜻하는지 알 것 같았다. 겁에 질린 찔레가 사내 앞에 무릎을 꿇었다.

"동생은 아직 어리고, 아버지는 편찮으십니다. 제가 가면 이 아이와 아버지는 굶어 죽어요. 그러니…."

"그래서 어쩌라고? 내가 너희들 사정까지 봐줘야 하느냐?"

말을 마친 사내가 찔레에게 보라는 듯 문밖을 가리켰다. 마을의 젊은이들이 밧줄에 묶여 병사들에게 끌려가고 있었다. 전쟁에서 패한 결과는 참혹했다. 청나라 병사들은 제 나라로 돌아가며 조선 백성을 사냥하듯 잡아서 끌고 갔다. 사내가 병사들에게 청나라 말로 명령했다. 병사들이 찔레의 팔을 잡아당겼다.

"우리 언니 놔줘요."

달래가 찔레를 끌고 가는 병사의 팔을 잡아끌었다. 그때 방문이 열렸다. 찔레 아버지가 금방이라도 숨이 넘어갈 듯 기침을 하며 기어서 문지방을 넘었다.

"찌… 쿨럭쿨럭. 찔…레야!"

"언니!"

"달래야!"

세 사람이 서로를 부르는 소리가 섞여 집 안에 메아리쳤다. 찔레를 데리고 가던 병사가 잠시 멈추더니 사내를 쳐다봤다.

"어서 끌고 가지 않고 뭐 하는 거야?"

사내가 병사에게 소리쳤다. 다른 병사가 찔레에게 달려가는 달래를 번쩍 안아 올렸다.

"이놈들아! 쿨럭! 우리 딸을 어디로 데려가는… 쿨럭! 어서 이리…."

찔레 아버지는 말을 마치지 못하고 마루에 엎어졌다. 입에서 피가 흘렀다.

"아버지!"

찔레가 마루에 엎어진 아버지를 불렀다. 달래가 찔레와 아버지를 번갈아 보고 발버둥 쳤다.

"내려놔. 내려놓으란 말이야."

달래가 버둥거렸지만, 덩치 큰 병사의 힘을 당할 수 없었다.

찔레가 달래를 향해 소리쳤다.

"달래야, 걱정하지 마. 언니 꼭 돌아올 거야. 알겠지? 언니 올 때까지 아버지 잘 모시고 있어. 아버지, 저 꼭 돌아올 거예요."

찔레의 목소리가 차가운 바람을 타고 온 마을에 메아리쳤다. 병사가 달래를 내려놓았다. 달래는 얼른 아버지에게 달려갔다.

"아버지, 괜찮으세요?"

"으… 으응, 난 괜찮다."

달래는 뭔가 생각난 듯 아버지를 방에 눕히고 어디론가 달리기 시작했다.

"산돌 오라버니!"

집 안에선 아무런 대답이 없었다. 찔레가 더 큰소리로 산돌이를 불렀다.

"오라버니!"

"달래야, 무슨 일이야?"

산돌이가 부엌에서 나왔다. 마을에 청나라 병사들이 들이닥친 걸 산돌이도 알고 있었다. 젊은 남자들도 보이는 대로 잡아간다는 소문이 돌았다. 산돌이도 잡혀가지 않기 위해 부엌에 숨어 있었다.

"언니가…."

달래가 참았던 울음을 터뜨렸다.

"뭐? 찔레가? 어디로 갔어?"

달래가 마을 입구를 가리켰다. 산돌이가 달래가 가리키는 쪽으로 달렸다. 그러나 대문을 나서기도 전에 멈춰 서고 말았다. 산돌 어머니가 양팔을 벌리고 산돌이를 막아섰다.

"못 간다."

"어머니!"

"못 가!"

"찔레가 잡혀갔어요. 가야 해요."

"가서 어쩌려고? 오랑캐와 싸우기라도 할 참이냐?"

"하지만…."

"언니! 으아앙!"

달래가 마당에 주저앉아 울음을 터트렸다. 산돌이는 어쩔 줄 몰라 발만 동동 굴렀다. 산돌 어머니는 꿈쩍도 하지 않고 아들을 막아섰다. 달래를 한 번 쳐다본 산돌이가 어머니를 밀치고 대문을 나섰다. 산돌 어머니가 바구니에서 호미를 꺼내 자기 목으로 가져갔다. 산돌 어머니는 산돌이의 뒤통수에 대고 소리쳤다.

"어미 죽는 꼴 보려거든 가거라. 네 아버지 죽고, 너 하나 보고 살아온 나다. 지금 따라가면 너도 잡혀가거나 죽는다. 그 꼴은 못 본다. 차라니 네 손으로 나를 죽이고 가거라."

"어머니, 왜 이러세요? 지금 찔레가 끌려가고 있다고요."

산돌이가 울먹이며 어머니에게 사정했다.

"정 가야겠단 말이냐? 그렇다면 내 손으로 여기서 죽으마."

산돌 어머니가 손에 힘을 줬다. 호미 끝이 목을 찔렀다. 핏방울이 뚝뚝 땅으로 떨어졌다. 산돌이가 뒤를 돌아봤다. 더 이상 발을 뗄 수 없었다. 산돌이는 그 자리에 털썩 주저앉아 찔레가 끌려간 쪽을 바라보며 울었다. 집 안에선 달래와 산돌 어머니의 통곡 소리가 들렸다. 예고 없이 찾아온 생이별이었다.

청나라 병사가 찔레를 짐짝 부리듯이 막사 안에 던져 넣었다. 막사 안에는 찔레 또래의 여자아이들이 여럿 있었다. 모두 겁에 질려 한쪽 구석에 쪼그리고 앉아 있었다. 훌쩍이는 소리도 들렸다. 찔레도 겁이 났다. 막사 안으로 병사 둘이 들어왔다. 병사들은 소쿠리에 담긴 주먹밥을 바닥에 툭, 던져 놓고 나갔다. 구석에 있던 아이들이 하나둘 소쿠리로 다가오더니 주먹밥을 한 덩이씩 들고 원래 있던 자리로 돌아갔다.

"너도 먹어."

한 아이가 찔레에게 주먹밥을 내밀었다. 찔레는 아이 얼굴을 빤히 쳐다봤다. 아이가 얼른 받으라는 듯 찔레 손에 주먹밥을 쥐여 주었다.

"고마워."

찔레가 주먹밥을 받아들었다.

"넌 이름이 뭐야? 난 곱분이야. 개경에서 왔어."

"찔레."

찔레가 짧게 이름만 말했다.

"찔레? 예쁜 이름이다. 몇 살이야?"

"열여섯."

"정말? 나도 열여섯이야. 우리 동무하면 되겠다."

곱분이가 오래된 동무라도 만난 듯 웃으며 이야기했다.

"잡혀가는 처지에 뭐가 좋다고 그렇게 떠드냐?"

한쪽 구석에 있던 아이가 곱분이를 보고 한 소리 했다. 곱분이는 아이를 한 번 쳐다보더니 다시 찔레를 보고 입을 열었다.

"신경 쓰지 마. 우선 먹자. 배고파 죽겠어."

곱분이가 주먹밥을 한 입 베어 물었다.

"향금 아가씨야."

곱분이가 밥을 씹으며 말했다. 찔레는 곱분이의 말을 알아듣지 못하고 눈만 크게 떴다. 곱분이가 턱으로 향금이를 가리켰다.

"아가씨? 그럼?"

찔레가 미처 다 묻기도 전에 곱분이가 대답했다.

"양반집 딸인데도 잡혀 왔대."

곱분이가 말을 이었다.

"한양의 박 판서 댁 따님이라는데… 대감님네도 어쩔 수 없었나 봐."

찔레가 고개를 끄덕이며 주먹밥을 손으로 떼어 입에 넣었다. 소금만 살짝 친 보리밥이었다. 그나마도 차가워 얼음덩이 같았다.

"꼭꼭 씹어서 먹어. 밥이 차가워서 탈 날 수 있어."

곱분이가 밥을 씹으며 말했다. 곱분이는 닷새 전에 끌려왔다고 했다.

"넌 집이 어디야?"

곱분이가 밥을 씹으며 물었다.

"이 근처야."

"그래? 그럼 집이 봉산이야?"

찔레가 고개를 끄덕였다. 집 이야기를 하니 달래와 아버지 생각에 눈물이 났다. 달래가 잡혀 오지 않은 것이 다행이라는 생각이 들었다. 하지만 어린 달래가 앞으로 어떻게 살아갈지 걱정이 되었다. 어떻게든 달래에게 돌아가고 싶었다. 찔레가 곱분이에게 다가앉았다.

"혹시, 여기서 도망친 사람 없었어?"

곱분이가 화들짝 놀라며 제 손으로 찔레의 입을 막았다.

"너, 그런 소리 말아. 도망치다가 잡히면 그 자리에서 목을 벤단다. 오랑캐들이 얼마나 무서운 줄 아니?"

목을 벤다는 말에 찔레가 움찔했다. 곱분이가 말을 이었다.

"세자 저하께서도 잡혀가시는 마당에 우리같이 천한 것들의 목숨이 사람 목숨이겠니?"

곱분이가 깊은 한숨을 내쉬었다.

"세자 저하?"

찔레는 귀를 의심했다. 양반집 딸이 잡혀가는 것도 의아했다.

그런데 세자 저하께서 오랑캐들에게 잡혀가신다니 도무지 믿기지 않았다.

"몰랐구나. 주상 전하께서 오랑캐에게 항복하셔서 세자 저하와 세자빈 마마께서도 우리처럼 끌려가는 신세가 되셨단다."

"아니, 어떻게 세자 저하께서…."

아무리 전쟁에서 패했다고 하지만 세자를 인질로 끌고 가는 경우가 있다는 말은 들어 본 적이 없었다. 오랑캐들이 하는 짓이 도를 넘었다. 낮에 자신을 이리로 끌고 왔던 사내들을 생각하자 찔레는 입술이 덜덜 떨렸다.

그때 막사의 천이 걷히더니 사내 한 명이 들어왔다. 찔레가 사내를 알아봤다. 낮에 끌려올 때 봤던 사내였다. 사내는 막사 안을 둘러보더니 찔레를 손가락으로 가리켰다.

"여기 있었구나. 한참 찾았네. 너! 따라 나와."

찔레가 몸을 웅크렸다. 곱분이가 찔레 손을 잡았다. 사내가 두 아이를 보고 피식 웃더니 밖을 향해 청나라 말로 소리쳤다. 곧바로 창을 든 병사가 들어왔다. 사내가 찔레를 가리켰다. 병사가 찔레의 팔을 잡고 일으켰다. 사내가 앞장서고 병사가 찔레 팔을 잡고 사내 뒤를 따라 걸었다. 사내가 자신의 막사로 가더니 입구의 천을 걷었다. 사내가 턱짓으로 막사 안을 가리키자 병사가 찔레를 막사 안으로 끌고 들어갔다. 찔레가 조금 전에 있던 막사와는 모든 것이 달랐다. 가운데에 불이 피워져 있어 따뜻했다. 한쪽에는 침상도 있었다. 병사가 침상 위에 찔레를 앉히더니 밖으로 나갔다. 찔레는 겁이 나서 침상에서 내려와 구석으로 숨었다. 밖에서 병사와 무슨 말인가 주고받던 사내가 천막을 걷고 안으로 들어왔다.

사내는 구석에 숨어 있는 찔레를 보며 웃었다. 한쪽 입꼬리가 올라갔다. 침상에 걸터앉은 사내가 입을 열었다.

"청에 끌려가면 너 같은 년은 평생 남의 집 허드렛일이나 하는 노예밖에 안 된다. 그럴 바에는 내 첩이 되는 게 어떠냐?"

"살려 주세요. 제발 살려 주세요."

"으하하하. 내가 언제 널 죽인다더냐? 지금 널 살리려는 것이다. 내가 누군 줄 아느냐?"

찔레가 고개를 저었다.

"하긴, 오늘 잡혀 온 네년이 뭘 알겠느냐? 황제 폐하께서도 내 말은 다 들어주신다는 걸 아느냐? 여기선 '정명수'라는 내 이름 세 글자만 대면 안 되는 일이 없다. 그러니 내 첩이 되어 편안하게 살도록 해라. 내가 네게 은혜를 베풀려는 것이니 사양하지 말거라."

정명수가 말을 마치고 일어서더니 찔레를 향해 다가왔다. 찔레가 무릎 사이에 고개를 파묻었다. 정명수가 찔레 앞에 쪼그려 앉더니 오른손으로 찔레의 턱을 들어 올렸다.

"나를 만난 걸 행운으로 알아야 할 거야. 알겠느냐?"

정명수가 찔레의 양쪽 팔을 잡더니 일으켰다. 찔레는 온몸이 떨렸다. 문 쪽을 바라봤다. 도망치고 싶었다. 하지만 밖엔 병사들이 지키고 있었다. 도망치다 잡히면 목이 베인다던 곱분이의 말이 떠올랐다. 정명수가 찔레의 옷고름을 잡아당겼다. 찔레가 양손으로 저고리를 움켜쥐었다.

"흐흐흐. 겁내지 말거라."

정명수가 저고리를 움켜쥔 찔레의 손을 잡아 내렸다. 찔레는 온몸에 소름이 돋았다.

"지금 무슨 짓인가?"

굵은 목소리가 막사 안에 울려 퍼졌다.

"누구야?"

정명수가 뒤를 돌아봤다. 정명수가 목소리의 주인을 알아보고 피식 웃었다.

"시강원 문학* 나리 아니신가? 여긴 어쩐 일이신가?"

사내는 청나라에 볼모로 가는 세자를 보필하는 역할을 맡은 시강원 문학 정뇌경이었다. 정뇌경이 정명수를 향해 소리쳤다.

"네 이놈!"

"이놈? 지금 내게 이놈이라고 한 것이냐?"

정명수도 질세라 버럭 소리를 질렀다.

"오랑캐에게 붙어 나라를 팔아먹은 놈이 어디서 큰소리인가?"

그 말에 정명수가 정뇌경에게 달려들어 멱살을 잡았다.

* 조선 시대 세자시강원(세자 교육을 담당하는 기관)의 정5품 관리

"팔아먹긴 누가 팔아먹어? 싸울 힘도 없으면서 자존심만 내세운 임금이 자초한 일이지."

정명수는 너무나도 뻔뻔했다. 정명수의 어깨 너머로 찔레를 본 정뇌경이 입을 열었다.

"같은 조선인에게 어찌 이런 패악질을 한단 말이냐?"

"조선인이니까 구해 주려는 것인데 뭐가 문젠가?"

한양을 떠나던 날, 세자에게조차 함부로 하던 정명수였다. 그에게 조선 사람은 그 누구도 두렵지 않아 보였다.

한양을 떠나는 세자 일행을 배웅하러 나온 신하들이 눈물을 흘렸다. 세자와 세자빈이 임금을 향해 큰절을 올렸다.

"어찌 이리도 시간을 지체하신단 말이오! 어서 말에 오르시오. 구왕*께서 기다리십니다."

용골대가 말 위에 앉아 세자 일행을 향해 큰 소리로 말했다.

역관 정명수가 세자 일행을 향해 용골대의 말을 통역했다. 정명수의 말투는 마치 자신이 청나라 장수인 듯했다. 세자에게 하는 말이라고 하기엔 너무도 무례한 어투였다.

"세자 저하께 말투가 어찌 그러한가? 예를 갖추어 아뢰도록 하게."

---

* 청나라를 세운 누르하치의 열네 번째 아들로 이름은 도르곤. 어머니가 다른 형인 홍타이지(청의 2대 황제)와 함께 조선을 침략했던 장수 겸 정치가

정뇌경이 정명수를 향해 호통을 쳤다. 하지만 정명수는 도리어 큰소리를 쳤다.

"볼모로 잡혀가는 처지에 무슨 대우를 받으려고 하시오? 그리고 난 장군의 말씀을 그대로 옮긴 것이오. 어서 따르기나 하시오."

"네놈이 죽고 싶어 환장했구나!"

정뇌경이 정명수를 향해 소리쳤다. 하지만 세자가 정뇌경을 말렸다. 정명수가 바닥에 가래침을 뱉더니 용골대가 탄 말 옆으로 갔다. 말이 움직이기 시작했다. 심양으로 향하는 일행의 맨 앞에는 도르곤이 있었고, 그 옆에는 용골대가 도르곤을 호위하고 있었다. 도르곤은 청나라까지 인질을 인솔하는 임무를 맡았다. 세자와 대군이 말에 올랐다. 세자빈과 대군의 부인은 가마를 탔다. 그렇게 한양을 떠나 봉산에 오기까지 한 달의 시간이 걸렸다. 보름이면 이동할 수 있는 거리였지만 청나라 병사들이 마을마다 들러 노략질을 하느라 시간이 지체되었다.

"구왕께서 조선에서 뺏은 재물과 포로를 사사로이 취하지 못하도록 한 것을 모르느냐? 너는 지금 네가 따르는 청의 법을 어기고 있다. 구왕과 용골대 장군에게 내가 본 것을 말해야겠구나."

정뇌경의 말에 정명수의 낯빛이 굳어졌다. 정명수도 도르곤의 명을 알고 있었다. 법을 어겼다가는 도르곤이 가만히 있지 않을 것이다. 청나라의 군법은 엄했고, 처벌은 가혹했다. 전쟁터에서 포로로 잡혔다가 겨우 목숨을 구하고 지금 이 자리까지 왔는데 이런 일에 목숨을 걸 순 없었다.

"에잇! 두고 봐라. 오늘 일은 내가 꼭 몇 배로 갚아 줄 테니."

정명수가 정뇌경을 노려보더니 밖으로 나갔다. 찔레가 참았던 숨을 토해 내듯 울음을 터트렸다.

"많이 놀랐겠구나."

찔레가 고개를 끄덕이며 옷고름을 여몄다.

"나라가 힘이 약해 너 같은 어린아이까지 고생시키다니."

정뇌경이 한숨을 내쉬었다.

"살아남아라. 무슨 일이 있어도 살아남아. 언젠가는 다시 조선 땅에 돌아올 수 있지 않겠느냐."

"나리, 고맙습니다. 정말 고맙습니다."

찔레가 연신 고개를 숙였다. 정뇌경이 찔레를 데리고 나왔다. 찔레는 정뇌경에게 인사하고 원래 있던 막사로 돌아왔다.

찔레가 막사 안으로 들어섰다. 찔레를 본 곱분이가 달려와 찔레 몸을 여기저기 만져 봤다.

"너 괜찮아? 아까 그놈이 너한테 몹쓸 짓 한 거 아니야?"

찔레가 고개를 가로저었다.

"정말? 다행이다."

"다행은 개뿔. 차라리 그놈의 첩이라도 되는 게 나을걸. 끌려가서 짐승처럼 살 게 뻔한데."

향금이가 곱분이와 찔레를 번갈아 보며 말했다.

"아가씨, 말을 해도 왜 그렇게 하십니까?"

곱분이가 향금이를 노려봤다. 향금이도 곱분이를 노려보았다. 향금이는 더 큰 소리로 지껄였다.

"왜? 노려보면 어쩔 건데? 내 말이 틀려? 우리가 지금 유랑 떠나는 줄 알아? 우리 신세 뻔한 것 아냐? 그럴 바엔…."

향금이가 뒷말은 하지 않았지만 모두 무슨 뜻으로 하는 말인 줄 알고 있었다. 향금이의 말에 막사 안에 있던 아이들이 웅성댔다.

"야! 박향금!"

곱분이가 큰소리로 향금이를 부르며 벌떡 일어섰다. 다른 아이들이 모두 곱분이를 쳐다봤다. 아무리 포로 신세지만 향금이는 양반이었다. 곱분이의 행동은 반상*의 법도에 어긋나는 것이었다.

"뭐? 박향금? 너 미쳤어?"

향금이가 곱분이의 머리끄덩이를 잡았다. 곱분이도 질세라 향금이의 머리카락을 잡아당겼다.

"아가씨, 이거 놓고 말씀하세요."

"곱분아, 너도 얼른 그 손 놓고, 아가씨께 잘못했다고 말씀드려. 어서!"

---

* 양반과 상민

옆에 있던 아이들이 달려들어 둘을 떼어 놓으려고 했다. 하지만 둘은 서로 엉켜서 바닥을 뒹굴었다. 아이들이 모두 달려들어 겨우 둘을 떼어 놓았다. 향금이와 곱분이는 분이 풀리지 않는지 서로를 노려보고 서 있었다. 그때, 찔레가 자리에 털썩 주저앉더니 울음을 터트렸다.

"찔레야, 괜찮아? 저런 말 신경 쓰지 마. 양반이면 양반답게 체통을 지켜야지."

곱분이가 자리에 앉으며 찔레의 어깨를 감쌌다.

"너! 말 다 했어?"

자리에 앉으려던 향금이가 곱분이를 노려보더니 자리를 박차고 일어났다.

"아가씨, 그만해요."

"그래요, 아가씨. 제발요."

향금이의 곁에 있던 아이들이 향금이의 양쪽 팔을 잡았다. 향금이는 자리에 앉아서도 씩씩댔다. 하지만 더는 싸우려고 덤벼들지 않았다. 둘은 멀리 떨어져 앉았다.

찔레는 좀 전에 정명수의 막사에서 있었던 일을 떠올리자 온몸이 떨렸다.

"찔레야, 추워? 이거 덮어."

곱분이가 찔레를 구석으로 데리고 가더니 거적을 덮어 줬다. 거적은 눅눅했다. 찔레가 거적을 덮고도 덜덜 떨자 곱분이가 다른 아이들을 쳐다봤다. 아이들이 찔레 곁에 바짝 다가와 앉았다. 아이들은 체온으로 찔레 몸을 덥혀 주었다. 추운 겨울, 온기가 없는 막사 안에서 살아남기 위해 아이들이 자연스럽게 터득한 방법이었다.

왕세자 일행은 민가에서 머물도록 허락되었지만, 끌려가는 포로들에겐 천막과 거적때기가 전부였다. 겨우 바람만 막을 정도였다. 거적을 깔자니 덮을 것이 없었고, 덮자니 바닥이 너무 차가웠다. 아이들은 거적을 모아 바닥에 깔고 최대한 가까이 붙어서 잠들었다. 남는 거적은 말렸다가 어린아이들에게 덮어 주기도 했다. 다른 아이들 덕분에 찔레는 몸이 따뜻해지는 걸 느꼈다.

밤이 깊었다. 아이들이 하나둘 자리에 누웠다. 찔레도 아이들 사이에 누웠다. 하지만 천막 틈새로 불어오는 바람의 한기와 소리 때문에 쉽게 잠들지 못했다.

'달래와 아버지는 무사하실까? 우리는 어디로 끌려가는 걸까?'

"잠 좀 자자."

찔레가 자꾸 뒤척이니 누군가 불만 가득한 목소리로 말했다. 찔레가 눈을 감았다. 청나라 병사들에게 끌려 올 때 마지막으로 봤던 달래의 눈이 자꾸만 떠올랐다. 마루에 쓰러졌던 아버지가 걱정되었다. 아직 어린 달래가 편찮으신 아버지와 어떻게 지낼지 걱정이었다. 찔레가 있을 때는 남의 집 허드렛일을 해 주고 양식이라도 구했는데 달래는 그런 일을 하기엔 너무 어렸다.

'도망쳐야 해.'

낮에 곱분이가 여기서 도망치는 일은 불가능하다고 했지만, 찔레는 어떻게든 청나라에 도착하기 전에 도망쳐야겠다고 마음먹었다. 도망치기 위해서는 막사를 지키는 병사들이 얼마나 있는지 알아봐야 했다. 찔레가 조용히 몸을 일으켰다.

찔레가 막 문을 열고 나가려고 할 때였다. 밖에서 병사들이 웅성대는 소리가 들렸다. 찔레가 천을 들치고 밖으로 나왔다. 횃불을 든 병사들이 어디론가 바삐 달려가고 있었다. 무슨 일인지는 몰라도 이렇게 소란할 때가 오히려 도망치긴 좋았다.

찔레는 병사들이 달려가는 반대 방향으로 달렸다. 횃불을 든 병사들이 이쪽으로 오는 것이 보였다. 찔레가 병사들 눈을 피해 막사와 막사 사이의 좁은 틈에 숨었다. 틈 사이로 보니 불빛이 보이지 않았다. 찔레가 막사 사이에서 나왔다.

"누구냐!"

누군가 찔레를 발견하고 소리쳤다. 조선 사람이었다. 찔레가 뒤를 돌아봤다. 조선인 관리였다.

"어디 가느냐? 저쪽이다. 어서 서두르거라."

관리가 찔레가 가려던 방향 반대쪽을 가리켰다. 민가에 불이 난 듯했다. 마침, 찔레가 있던 막사에서도 아이들이 쏟아져 나왔다. 찔레는 불이 난 곳을 쳐다보고 있었다.

"뭐 하느냐? 빨리 가지 않고. 세자 저하 처소에 불이 났단 말이다."

"예?"

"못 들었느냐? 어서 가서 불을 끄도록 해라."

찔레는 어쩔 수 없이 관리가 가리킨 방향으로 달렸다. 조그만 집의 부엌에서 불길이 일었다. 병사들과 포로들이 물을 길어 날랐다. 찔레도 물을 길어 불이 난 곳으로 날랐다. 불길이 거셌다. 금방이라도 집을 집어삼킬 것 같았다. 물을 부어도 불길은 쉽게 잡히지 않았다. 병사들은 긴 장대로 지붕의 지푸라기를 끌어내렸다. 불이 번지는 것을 막으려는 것이었다. 찔레와 다른 조선 사람들은 부지런히 물을 길어 왔다. 한 시진*이 지나서 겨우 불길이 잡혔다. 불에 타 시커먼 재가 된 집을 멍하니 쳐다보고 있던 찔레는 불이 난 집 옆쪽에서 낯익은 얼굴을 발견했다. 정뇌경이었다. 정뇌경은 비단옷을 입은 사람과 함께였다.

"저하, 괜찮으십니까?"

정뇌경의 말소리가 들렸다. 막사로 돌아가던 찔레가 '저하'라는 말에 돌아봤다.

"세자 저하?"

깜짝 놀란 찔레가 혼잣말로 중얼거렸다. 세자가 정뇌경을 보며 말했다.

"걱정하지 말게. 난 괜찮네. 그나저나 집에 불이 났으니 집주인

* 약 2시간

은 어쩐단 말인가?"

어두워서 잘 보이지 않았지만, 달빛에 비친 세자의 얼굴이 어렴풋이 보였다. 딱 보기에도 귀한 티가 났다. 세자의 처소에서 불이 났지만, 다행히 다친 사람은 없었다. 찔레는 자신의 처지도 잊은 채 세자가 다치지 않은 것이 다행이라고 생각했다.

"저하, 혹시 모르니 의관을 불러오겠습니다."

"어허! 아니래도. 정 문학은 날이 밝는 대로 조정에 장계*를 올려 집주인에게 집을 새로 지어 주도록 하라."

"예, 저하!"

누군가 찔레 어깨를 툭 쳤다.

"찔레야!"

곱분이었다.

"너 언제 나왔어? 아까 나올 때 안 보이던데."

"으…응. 오줌 누러 나왔다가…."

"그랬구나. 얼른 가자. 추운데 물 날랐더니 손이 꽁꽁 얼었다. 밤중에 이게 뭔 난리래."

곱분이가 찔레를 잡아끌었다. 찔레는 곱분이에게 끌려가면서도 정뇌경과 세자가 있는 쪽을 바라봤다.

다음 날, 청나라 병사들과 조선의 포로들은 다시 길을 나섰다.

---

* 신하가 중요한 일을 임금에게 보고하던 일, 또는 그런 문서. 소현세자가 볼모 생활을 하는 동안 인조에게 보낸 《심양장계》가 있다.

끝이 보이지 않을 만큼 긴 줄이었다. 날이 갈수록 점점 집에서 멀어졌다. 달래와 아버지 걱정에 찔레는 한숨을 내쉬었다.

심양

심양에 도착한 조선인 포로들이 한 줄로 늘어섰다. 청나라 사람들이 와서 포로를 둘러보고 손가락으로 한 아이를 찍어 그 자리에서 어딘가로 데리고 갔다. 포로를 둘러보던 한 여인이 찔레를 가리켰다. 병사가 찔레 팔을 잡고 끌어냈다. 그때 정명수가 다가와 여인에게 귓속말했다. 여인은 아쉬워하며 옆에 있는 곱분이를 가리켰다. 곱분이와 찔레 모두 놀라서 몸을 움츠렸다. 병사가 곱분이를 잡아끌었다.

"곱분아!"

찔레가 곱분이의 팔을 잡았다. 하지만 병사의 힘을 당할 수가 없었다. 끌려가는 곱분이의 눈에서 눈물이 흘렀다.

"찔레야, 잘 지내. 어디서든 몸조심하고."

곱분이가 억지로 웃었다. 하지만 축 처진 어깨가 곱분이의 마음이 어떤지 보여 주었다.

"곱분아, 너도 몸조심해. 우리 꼭 다시 만날 거야."

멀어지는 곱분이를 향해 찔레가 소리쳤다. 이별은 순식간이었다. 심양으로 오는 동안 곱분이에게 의지하며 지냈는데 이제 혼자가 되었다는 생각에 찔레는 막막했다.

"평생 같이 있을 줄 알았냐?"

향금이가 찔레를 보며 지껄였다.

"아가씨, 너무하십니다. 같은 조선 사람이면서 어찌 그렇게 말씀하십니까?"

찔레가 향금이를 쳐다보며 한마디 했다.

"정신 차려! 사람? 저들에게 우린 사람이 아니라 짐승이라고. 시장에 내다 파는 짐승. 알겠어? '너희 둘이 동무구나, 그러니 너희는 같이 가서 사이좋게 살거라' 하면서 같이 보내 줄 줄 알았냐?"

"하지만…."

찔레는 향금이의 말에 뭐라고 대거리를 하고 싶었다. 그러나 어쩌면 향금이의 말이 맞을지도 모른다는 생각이 들었다. 곱분이와 함께할 수 없음을 알면서도 희망을 품었었다. 하지만 이곳에 도착하자마자 그 희망이 사라졌다. 찔레는 아무 말도 못 하고 고개를 숙였다.

이곳에 함께 끌려온 조선 사람들은 청나라 사람들의 손짓 하나에 어디론가 끌려갔다. 손짓을 한 사람들은 병사들에게 돈을 건넸다.

"어머니!"

한 사내가 끌려가며 어머니를 불렀다.

"이보시오. 나도 같이 데려가시오. 내 아들이랑 같이 가게 해 주시오."

사내의 어머니가 병사들에게 매달려 애원했지만, 청나라 사람은 말을 알아듣지도 못할뿐더러 설령 알아듣는다 해도 그 말을 들어줄 생각이 전혀 없어 보였다. 옆에 있던 병사가 여인의 배를 발로 찼다. 여인은 '억' 소리를 내며 그 자리에서 쓰러졌다. 겨우 몸을 일으킨 여인은 아들이 끌려간 쪽을 바라보며 하염없이 울었다. 잠시 후, 누군가 손가락으로 여인을 가리켰다. 병사가 여인의 팔을 거칠게 잡아끌었다. 그렇게 여인도 어디론가 끌려가고 말았다. 생이별이었다.

포로들의 수가 줄어들수록 찔레는 초조했다. 주위를 둘러보았다. 이제 몇 사람 남지 않았다. 끌려가는 것도 두려웠지만, 여기 남아 있는 것은 더 두려웠다. 저 멀리 정명수가 보였다. 정명수는 찔레를 보며 웃고 있었다. 찔레는 곧바로 고개를 돌렸다. 모두 사라지고 찔레와 향금이만 남았다.

"아가씨, 우리는 어떻게 되는 거예요?"

찔레는 겁이 나서 향금이에게 말을 걸었다. 이곳으로 오는 동안 자신에게나 곱분이에게 한 일을 생각하면 향금이에게 말을 걸고 싶지 않았다. 하지만 지금 이곳에서 조선말로 이야기 나눌 사람은 향금이밖에 없었다.

"그걸 내가 어떻게 알아!"

향금이의 말투는 퉁명스러웠다. 하지만 향금이의 목소리도 떨리고 있었다. 향금이도 두렵기는 마찬가지였다. 향금이가 불안한 듯 주위를 둘러보았다. 여기저기서 웅성거리는 청나라 말이 더 크게 들렸다. 찔레는 문득 청나라 병사들이 들이닥쳤던 날이 떠올랐다. 문지방을 넘다가 쓰러져 얼굴에서 피를 흘리면서 제발 찔레를 데려가지 말라고 애원하던 아버지의 모습이 떠올랐다. 찔레가 훌쩍이는 소리에 향금이를 쳐다봤다. 향금이의 눈에서 눈물이 뚝 떨어졌다.

"아가씨?"

찔레가 향금이의 우는 모습에 깜짝 놀랐다.

"뭘 봐? 여긴 왜 이렇게 바람이 불어. 눈에 뭐 들어갔잖아."

향금이가 서둘러 옷소매로 눈을 닦으며 말했다.

해가 뉘엿뉘엿 넘어갈 무렵 병사들이 찔레와 향금이를 잡아끌었다.

"가자!"

정명수가 앞장서 걸었다. 어디로 가는 거냐고 묻고 싶었지만,

무서워서 떨면서 정명수의 뒤를 따랐다.

"너희는 운 좋은 줄 알아라. 너희보다 먼저 끌려간 것들은 어디로 갔는지 아느냐? 하하! 모를 테지. 너희는 내 덕으로 편한 곳에서 지내게 되는 줄 알아라. 향금이라고 했던가? 너는 네 아비 덕을 보는구나."

향금이는 정명수가 하는 말이 무슨 뜻인지 알 수 없었다. 하지만 정명수가 두려워 물어볼 엄두가 나지 않았다. 말을 마친 정명수가 찔레를 쳐다봤다.

"내 말만 잘 들으면 너는 다음에 더 편한 곳으로 보내 주마. 흐흐흐."

정명수가 입꼬리를 올리며 웃었다. 찔레는 두려웠다. 정명수의 말이 무슨 뜻인지는 모르겠지만, 결코 자신에게 좋은 일은 아니라는 생각이 들었다.

둘이 도착한 곳은 커다란 기와집이었다. 얼핏 봐도 대단한 권세를 가진 사람의 집이 분명했다. 한참이 지난 후에 둘은 그곳이 용골대의 집이라는 것을 알게 되었다. 용골대는 청나라의 황제의 신임을 받는 장수였다. 성품이 포악해서 조선인 포로는 물론이고 청나라 병사들도 용골대가 나타나면 벌벌 떤다고 했다.

찔레와 향금이는 용골대의 집에 도착하자마자 창고에 갇혔다. 용골대의 부인이 새로 오는 노예를 길들이는 방법이었다. 빛도 들지 않는 창고 안은 바람만 겨우 막아 줄 뿐이었다. 창고에 갇힌 찔레와 향금이는 몸을 웅크리고 추위를 견뎠다. 하루에 두 번, 병사들이 차갑게 식은 밥 덩이를 들고 와서 던져 놓고 나갔다. 그나마도 조선의 것과는 달라 입맛에 맞지 않았다. 밥에선 역겨운 냄새가 났다. 찔레는 늘 음식을 남겼다.

"굶어 죽을 거 아니면 욱여넣어라."

먹던 밥을 채반에 내려놓는 찔레를 보고 향금이가 말했다. 향금이는 차갑게 식은 밥을 꼭꼭 씹어서 삼키고 있었다. 찔레가 그런 향금이를 보며 고개를 저었다.

"살려면 먹으라고."

향금이가 채반에 있던 밥을 들어 찔레 앞에 내밀었다. 찔레는 어쩔 수 없이 다시 밥을 손에 들었다. 하지만 도저히 먹을 수가 없었다. 찔레가 밥 덩이를 내려놓자 향금이가 냉큼 집더니 제 입에 욱여넣었다.

"죽으려면 너 혼자 죽어라. 난 먹고 살아야겠어. 살아서, 꼭 살아서… 켁!"

향금이가 밥을 급하게 삼키다가 목에 걸린 모양이었다. 얼굴이 빨개지며 숨을 못 쉬었다.

"아가씨, 괜찮으세요?"

찔레가 서둘러 향금이의 등을 두드렸다. 한참을 캑캑거리던 향금이의 입에서 밥 한 덩이가 툭 나왔다. 향금이가 자기 등을 두드리는 찔레의 팔을 쳐 내며 소리쳤다.

"아파! 그만 때려!"

찔레가 향금이에게서 멀찍이 떨어져 앉았다. 팔을 쳐 내는 향금이가 야속했다.

'기껏 도와줬더니. 양반이면 다야?'

찔레는 입 밖으로 내뱉지 못한 말을 삼켰다.

"야! 가까이 와."

밖에도 어둠이 내려앉자 창고 안은 더 어두웠다. 향금이가 어디서 찾았는지 거적을 가지고 와서 덮으며 찔레를 불렀다. 찔레는 향금을 빤히 쳐다봤다.

"뭐 해? 얼어 죽을 거야? 네가 좋아서 이러는 거 아니야. 내가 살려고 이러는 거야."

끌려 오며 터득한 방법이었다. 추운 겨울을 이겨 내려면 서로의 체온에 기대는 것이 최선이었다. 찔레가 향금이에게 다가앉았다. 둘은 꼭 붙어 앉아 작은 거적을 두른 채 잠이 들었다.

창고 문이 열리고 정명수가 들어왔다. 거적 하나를 나눠 덮고 벽에 기대어 잠든 두 아이를 보고 정명수가 혀를 찼다.

"쯧쯧쯧! 마님도 너무하시지. 어린아이들을 이렇게 다루시면 안 되는데…."

며칠을 추위에 떨어 찔레와 향금이는 몸이 많이 상했다. 제대로 먹지도, 씻지도, 잠을 자지도 못한 두 아이의 몰골은 살아 있는 사람이라고 믿기 어려웠다.

"내가 마님께 말씀드려 너희가 묵을 방을 알아보마."

"고맙습니다, 나리!"

향금이가 정명수를 향해 넙죽 엎드려 절을 했다. 양반집 아가씨가 중인인 역관을 보고 나리라고 부르다니, 찔레는 향금이의 말에 깜짝 놀랐다. 정명수가 찔레를 보더니, 헛기침했다.

"에헴! 내일부터 마님 말씀 잘 듣도록 해라."

정명수는 찔레를 한 번 더 쳐다보더니 창고 문을 열고 나갔다.

다음 날부터 두 아이는 집안일을 시작했다. 한 아주머니가 창고로 오더니 두 아이를 데리고 부엌으로 갔다.

"고생했다. 몸은 괜찮니?"

조선말이었다. 찔레가 깜짝 놀라 아주머니를 쳐다보며 물었다.

"아주머니, 조선 사람이세요?"

"정묘년에 잡혀 왔다."

아주머니가 부엌문을 닫더니 두 아이를 아궁이 앞에 앉혔다.

"몇 살이냐?"

아주머니가 향금이를 보고 물었다. 찔레가 아주머니를 보고 놀라며 입을 열었다.

"저, 아주머니 이 아가씨는…."

하지만 찔레의 말이 끝나기도 전에 향금이가 찔레의 옆구리를 찔렀다. 쓸데없는 소리 하지 말라는 뜻이었다.

"열일곱이요."

향금이가 대답했다.

"열여섯이에요."

찔레도 엉겁결에 나이를 말했다.

"다른 식구는?"

아주머니의 질문은 짧았다. 하지만 말투는 부드러웠다. 조선말을 하는 사람을 만나다니 찔레는 눈물이 나오려고 했다.

"아버지와 동생은 집에…."

찔레는 목이 메어 말을 맺지 못했다. 아주머니는 무슨 사정인지 알겠다는 듯 고개를 끄덕였다.

"혼자 끌려온 모양이구나. 여기 와도 같이 있을 수 없으니 그편이 나을 게다. 낯설고 힘들겠지만 여기도 적응하면 그냥저냥 지낼 만하다. 그러니 행여라도 도망칠 생각은 말아라. 너는?"

아주머니가 향금이를 보며 물었다. 향금이는 아무 말 없이 고개만 저었다. 아주머니는 알겠다는 듯 가만히 고개를 끄덕였다.

"해주댁이라고 불러라."

"아주머니 집이 해주예요?"

찔레가 놀라며 물었다.

"그래. 해주를 아니?"

"저는 봉산에서 왔어요."

"봉산?"

해주댁이 반가워하며 쩔레 손을 잡았다. 해주와 봉산은 걸어서 채 하루가 걸리지 않는 거리였다. 해주댁이 앞치마로 눈가를 꾹꾹 눌렀다.

"아주머니는 혼자 오셨어요?"

쩔레의 물음에 해주댁이 고개를 저었다. 해주댁은 정묘년 난리* 때 아들을 잡아가는 병사들을 붙들었다가 같이 끌려왔다고 했다. 심양에 와서 아들과 헤어졌고 10년이 지난 지금까지 아들을 만나지 못했다.

"한 번도 못 만나셨어요?"

"그래. 그저 어디서든 밥 잘 먹고 살아 있길 바랄 뿐이지."

해주댁이 한숨을 내쉬며 옷소매로 눈가를 문질렀다.

"너희는 나랑 집안일을 하게 될 거다. 마님 눈 밖에 나지 않도록 조심하고, 청나라 말도 익히도록 해."

향금이는 물 길어 오는 일과 마당이나 부엌 청소를 주로 했다. 쩔레는 부엌에서 설거지하고, 장군과 장군 부인의 방 청소를 맡았다. 어려서부터 집안일을 도맡아 했던 쩔레는 손끝이 야무진데다가 빠르기까지 했다.

하루는 물을 길어 온 향금이가 쩔레를 장독대 근처로 불렀다.

"여기선 아가씨라고 부르지 마. 절대로."

---

* 정묘호란(1627년)

"예? 왜요?"

"보면 모르겠냐? 여기서 양반 대접받는 게 말이 되냐고? 그냥 언니라고 불러."

"그래도 어떻게 아가씨께?"

"너 왜 이렇게 말귀를 못 알아듣니? 그렇게 하라면 그렇게 해."

향금이는 찔레에게 쏘아붙이고 서둘러 우물가로 향했다.

방 청소할 때 말을 알아들을 수 없어 찔레는 실수를 자주 했다. 찔레가 실수할 때마다 장군 부인은 사람을 시켜 매를 때렸다. 찔레 몸은 여기저기 시퍼렇게 멍이 들었다.

'청나라 말을 익혀야 해.'

찔레는 속으로 생각했다. 향금이의 말처럼 어떻게든 살아야 했다. 살아서 반드시 집에 돌아가 아버지와 달래를 다시 만나야 했다. 처음 매를 맞는 날은 너무 아파서 죽고 싶다는 생각이 들었다. 하지만 아버지와 달래 얼굴을 떠올리면 절대 그럴 수 없었다. 찔레는 독해져야겠다고 다짐했다.

시간이 지나며 찔레는 간단한 청나라 말은 알아들을 수 있었다. 해주댁이 조금씩 알려 주었고, 병사들이 하는 말을 귀 기울여 들었다. 일도 어느 정도 익숙해졌다. 점점 실수도 줄었다. 하지만 장군 부인 앞에만 서면 찔레는 무서워서 벌벌 떨었다. 성미가 불같은 부인은 작은 실수도 용납하지 않았다. 향금이는 장군 부인 앞에서도 살며시 미소를 지으며 부인이 시키는 일을 곧잘 했다. 장군 부인은 그런 향금이를 좋아했다. 하지만 찔레는 감히 그럴 용기가 나지 않았다.

하루는 대문을 두드리는 소리에 우물가에서 설거지하던 찔레가 나가 문을 열었다.

"잘 지냈느냐? 얼굴을 보니 잘 지내는 모양이구나. 살도 오르고."

정명수가 대문을 들어서며 묘한 미소를 지었다. 찔레는 고개를 돌렸다. 정명수의 얼굴을 쳐다보기 싫었다.

"그래. 고분고분하면 재미없지. 잘 봐 둬라. 여기서 내가 어떤 존재인지를. 내게 무릎을 꿇고 거두어 달라고 하는 날이 올 것이다."

정명수는 웃으며 용골대의 방으로 들어갔다. 향금이가 술상을 들고 들어갔다. 방 안에선 두 사람의 웃음소리가 크게 들렸다. 가끔 향금이의 웃음소리도 들렸다. 정명수는 밤이 늦어서야 집으로 돌아갔다. 정명수가 돌아가는 길에 우물가에서 빨래하던 찔레를 발견하고 다가왔다.

"언제고 힘든 일이 있으면 내게 말하면 된다. 알겠느냐?"

정명수의 입에선 술 냄새가 났다. 그의 웃는 얼굴이 달빛에 비쳐 귀신처럼 보였다. 더는 보고 싶지 않은 얼굴이었다. 그러나 용골대의 심복인 정명수는 문턱이 닳도록 용골대의 집에 드나들었다.

심양에 온 지 석 달이 지났다. 찔레는 시간이 지날수록 집에 가고 싶은 마음이 더 커졌다. 향금이는 코를 골며 깊은 잠에 빠져 있었다. 찔레가 조용히 이불 속에서 나와 방문을 열었다. 집 전체를 병사들이 지키고 있어 벌레 한 마리도 병사들 허락 없이는 들고 날 수 없는 집이었다. 하지만 찔레는 어디든 빈틈이 있을 것이라 생각했다. 달래와 아버지가 걱정되어 그냥 있을 수가 없었다.

짙은 어둠이 내려앉은 집엔 곳곳에 횃불이 타고 있었다. 사람이 드나드는 문과 장군이 묵는 방 앞에 병사들이 창을 들고 서 있었다. 하늘을 나는 새가 아니고는 집 밖으로 나갈 수도, 집 안으로 들어올 수도 없어 보였다.

"누구냐!"

찔레를 발견한 병사가 창을 겨누었다. 찔레는 놀랐지만 태연하게 대답했다.

"노비입니다. 부엌일 하는. 불을 살피러 갑니다."

찔레가 서툰 청나라 말로 더듬거리며 대답했다. 병사가 창을 거두며 찔레를 보내 줬다. 찔레는 부엌으로 들어가 문을 닫았다. 문틈으로 병사들의 움직임을 살폈다. 찔레는 한참 동안 부엌에서 병사들을 지켜보았다. 한 시진이 지났을 무렵 병사들도 피곤했던지 벽에 기대고 땅바닥에 앉았다. 아무도 드나들지 않는 곳을 지키고 서 있는 것이 여간 힘든 일이 아닌 듯했다. 조금 있으니 병사들이 꾸벅꾸벅 졸기 시작했다. 찔레는 부엌에서 나와 방으로 돌아왔다. 찔레는 밤마다 부엌이나 창고에 가서 병사들의 움직임을 살폈다. 경비가 허술한 시간과 장소를 알아보기 위해서였다.

점심밥을 준비하던 찔레가 아궁이 앞에서 꾸벅꾸벅 졸았다.

"너, 밤에 나가는 일 그만두거라."

해주댁 아주머니가 찔레를 보며 말했다.

"예? 오줌 누러 가는 거예요."

"삼시 세끼 밥 먹을 수 있는 곳이 흔한 게 아니다. 괜한 짓 해서 몸 상하지 말고 가만히 있거라."

해주댁이 찔레를 꾸짖듯 말했다. 찔레는 해주댁의 말에 고개를 끄덕였다. 말투는 차가웠지만, 자신을 걱정해서 그런 것임을 알고 있었다.

찔레는 점심밥 먹은 설거지를 마치고 장군 부인이 침실로 쓰는 방을 청소하러 들어갔다. 방에는 화려한 도자기와 귀한 장식품이 가득했다. 찔레가 방 안을 빙 둘러보았다. 바닥을 쓸고 닦은 다음 이부자리를 정리했다. 부인은 작은 티끌 하나 용납하지 않았다. 구석구석 청소를 마친 찔레는 장식장을 닦았다. 도자기들도 정성 들여 닦았다. 그때 뒤에서 호통치는 소리가 들렸다.

"당장 그거 내려놓지 못할까?"

큰소리에 찔레가 놀라서 뒤를 돌아봤다. 장군 부인이 찔레를 노려보고 있었다. 부인 뒤에는 보자기를 든 향금이가 서 있었다.

부인은 바깥 출입할 때 가끔 향금이를 데리고 갔다. 무거운 것을 들게 하려는 것이었다. 오늘도 밖에 나갔다 돌아오는 모양이었다.

"어디 그 더러운 손으로 귀한 물건에 손을 대느냐?"

"죄송합니다. 청소하려고 그런 것입니다."

찔레가 연신 고개를 숙였다. 하지만 부인은 더 크게 소리 질렀다.

"당장 제자리에 두란 말이다."

호통 소리에 찔레가 깜짝 놀라 도자기를 서둘러 장식장에 올려놓았다. 그런데 도자기가 장식장 위에서 뱅그르르 돌더니 바닥에 떨어지고 말았다. 결국 도자기는 본래의 형체를 알아볼 수 없게 산산조각이 났다. 찔레가 깜짝 놀라 부인을 쳐다봤다. 부인의 얼굴이 붉게 변하기 시작했다. 찔레는 어쩔 줄 몰라 하며 도자기 조각을 주웠다.

"아!"

찔레가 도자기 조각에 손을 베었다. 깨진 조각에 찔레의 피가 스며들었다.

"으아아악!"

장군 부인이 깨진 도자기 조각을 보며 소리를 질렀다. 잠시 후, 병사들이 장군 부인의 방으로 들어왔다.

"마님, 무슨 일이십니까?"

"저… 저년이 내 도자기를 깨 버렸다. 내가 만지지 말라고 했더니 바닥에 던지지 뭐냐."

“아닙니다. 던진 것이 아닙니다. 닦으려고 들었다가 제자리에 두려고 한 것입니다. 마님, 던지지 않았습니다.”

“뭐? 그럼 내가 거짓말이라도 한다는 거냐?”

찔레가 두 손을 모아 빌며 향금이를 쳐다봤다.

‘아가씨, 내가 그런 게 아니라고 말해 주세요. 제발.’

하지만 향금이는 찔레를 못 본 척 고개를 돌렸다. 장군 부인은 찔레가 일부러 도자기를 깼다며 노발대발했다. 병사들이 찔레를 끌고 밖으로 나왔다. 병사들이 찔레를 창고로 끌고 가더니 두 손을 대들보에 매달았다. 묶인 손목이 아프고 어깨가 빠질 것 같았다. 잠시 후, 장군 부인이 창고로 들어왔다. 짐승 가죽으로 만든 채찍을 들고 있었다. 부인이 채찍으로 찔레의 등을 후려쳤다.

“악!”

“감히 내 물건에 손을 대다니!”

부인이 몇 번이나 더 채찍을 휘둘렀다. 찔레의 옷이 붉은빛으로 물들기 시작했다. 채찍질을 이기지 못하고 찔레의 몸이 축 늘어졌다.

“사흘 동안 저년에게 물 한 모금 주지 말거라.”

장군 부인이 창고를 나서다 마침 집에 들어오던 용골대와 마주쳤다.

“부인, 무슨 일이시오? 왜 거기서 나오는 것이오?”

“저 천한 년이 내 물건을 깨뜨렸습니다.”

장군 부인이 용골대를 보더니, 눈물까지 보이며 속상하다는 표정을 지었다. 용골대와 정명수가 두 손이 묶여 들보에 매달린 찔레를 쳐다보았다. 피를 흘리며 축 늘어진 찔레를 보고 정명수가 눈살을 찌푸렸다. 용골대는 별다른 말 없이 부인과 안으로 들어갔다. 정명수가 창고 안으로 들어와 한 손으로 찔레의 턱을 잡아 올렸다.

"내가 조심하라고 하지 않았더냐? 이렇게 몸을 상하면 어찌하느냐? 쯧쯧. 그러게, 그날 내 말을 들었더라면 얼마나 좋으냐? 지금쯤 따뜻한 방에서 기름진 음식을 먹으며 지내고 있을 텐데 말이다. 하긴, 그게 네 잘못은 아니지. 시강원 문학이란 놈이 들어오지만 않았어도…."

정명수가 말끝에 입맛을 다셨다. 그러더니 말을 이었다.

"마님의 눈 밖에 나지 않는 것이 좋을 거야. 이번 일은 내가 장군께 선처해 달라 말씀드려 볼 것이다."

정명수가 찔레의 턱을 잡았던 손을 놓았다. 찔레의 고개가 툭 떨어졌다.

찔레가 창고에 갇힌 지 이틀이 지났다. 찔레의 몸은 마치 죽은 사람처럼 축 늘어져 있었다. 찔레는 정신을 차려 보려고 애썼다. 대들보에 묶인 손목이 저리고 아팠다. 다리에 힘을 주고 버텨 보려고 했지만, 이내 무릎이 꺾였다. 매 맞은 상처가 쓰리고 아팠다.

물 한 모금 마시지 못해 찔레는 점점 지쳐 갔다. 눈앞이 흐려지고 자꾸 정신을 잃었다. 어쩌다 정신이 들어 눈을 뜨면 캄캄한 어둠 속이었다. 그 누구도 도와줄 사람이 없었다. 찔레는 노예로 끌려온 몸이지만, 언젠가는 집에 돌아가 아버지와 달래를 만날 수 있으리라 생각했다. 하지만 그 모든 것이 헛된 꿈은 아닐까 생각했다. 이틀 동안 아무것도 먹고 마시지 못했는데도 몸속에 아직 물기가 남아 있는지 눈물이 흘렀다.

'얼마나 더 버틸 수 있을까? 이대로 죽는 건 아닐까?'

찔레가 속으로 이런 생각을 하고 있을 때였다. 창고 문이 삐걱 소리를 내며 열렸다. 찔레는 일부러 눈을 감았다. 어둠 속으로 누군가 조용히 발걸음을 옮겼다.

"찔레야, 괜찮아? 나야. 향금이."

찔레가 천천히 눈을 떴다. 고개를 들어 향금이의 얼굴을 보고 싶었지만, 힘이 없었다. 향금이가 찔레의 입에 뭔가 넣었다.

"먹어. 밥이야."

소금 간을 한 밥은 짭조름하고 맛있었다. 찔레는 힘겹게 입을 오물거리며 밥을 씹었다. 어릴 때, 달래를 업고 찾아간 대추나무 집 할머니가 주셨던 누룽지 맛이 났다. 찔레는 왈칵 눈물이 솟았다. 향금이가 몇 번이나 더 밥과 물을 찔레의 입에 넣어 주었다. 찔레는 울면서 밥을 씹었다. 살기 위해서는 먹어야 했다. 바짝 마른 목구멍으로 밥을 삼켰다.

"미안해."

향금이가 축 처진 찔레의 몸을 안으며 말했다.

"무서웠어. 무서워서 말하지 못했어."

향금이가 밥알을 힘겹게 씹는 찔레를 보며 울먹였다. 찔레가 밥알을 삼키고 나서 입을 열었다.

"아가씨, 고마워요."

"어? 뭐가?"

"저는 아가씨가 절 미워하는 줄 알았어요. 제가 미워서 그런 줄 알았어요."

찔레는 자신을 못 본 척 고개를 돌려 버리던 향금이를 떠올렸다. 향금이도 두려웠다. 찔레를 두둔하고 나섰다면 향금이도 지금 찔레와 같은 처지가 되었을 것이다. 향금이에게 서운했던 찔레의 마음이 스르르 녹아내렸다.

"찔레야!"

향금이가 숟가락으로 찔레의 입에 물을 넣어 주었다.

"찔레야, 하루만 더 견뎌. 죽으면 안 돼. 꼭 살아야 해."

향금이가 울면서 계속 찔레에게 물을 떠먹였다. 날이 밝아 올 때까지 향금이는 찔레 곁을 지켰다.

창고에서 풀려난 후 찔레는 며칠간 심하게 앓았다. 열이 올라 이불을 뒤집어쓰고도 벌벌 떨었다. 잠들었나 싶으면 손을 내저으며 헛소리했다. 향금이가 옆에서 살피고 해주댁이 죽을 쑤어 주었지만 잘 받아먹지 못했다. 몸이 많이 상한 찔레는 모든 의욕을 잃은 듯했다. 아침에 일어나면 종일 말 한마디 없이 일만 했다.

"이거 내가 들게. 넌 좀 쉬어."

향금이가 찔레 머리에 인 물동이를 뺏으려 했다. 하지만 찔레가 손에 힘을 주었다. 찔레는 그렇게 몇 번이나 물을 길어 날랐다. 먼지 한 톨 없는 장군과 장군 부인의 방을 쓸고 닦았다. 마당엔 작은 낙엽 하나도 보이지 않을 정도로 비질을 하고 또 했다.

"찔레야, 그만 좀 해. 제발."

향금이가 찔레를 향해 소리를 질렀다. 아무리 좋은 말로 달래보아도 말을 안 들으니 큰소리를 낸 것이다. 하지만 찔레는 향금이의 말에 꿈쩍도 하지 않고 종일 일만 했다. 일부러 제 몸을 괴롭히려는 것 같았다. 일을 마치고 방에 들어온 찔레는 마치 마른 나뭇잎이 부서지듯 쓰러져 잠이 들었다. 겨우 숨만 쉬고 있을 뿐이었다. 혼은 없고 몸뚱이만 살아서 움직이는 것 같았다.

"아주머니, 찔레 저러다가 큰일 날 것 같아요."

향금이가 해주댁에게 애원하듯 말했다.

"그러게나 말이다. 어쩌려고 저러는지…."

찔레를 보며 향금이와 해주댁의 걱정이 깊어 갔다.

며칠 후, 모두 잠든 한밤중이었다. 해주댁이 잠든 찔레를 깨우더니 약사발을 내밀었다.

"찔레야, 이것 좀 마셔라."

눈을 뜬 찔레를 해주댁이 일으켜 앉혔다. 찔레가 약사발을 쳐다보더니 놀란 눈으로 해주댁을 바라봤다.

"아주머니!"

"아무 말 말고 마셔라."

"하지만…."

근처에는 조선 사람에게 약재를 파는 곳도 없거니와 약을 살 돈도 없었다. 찔레는 자신 때문에 해주댁까지 곤경에 처하는 것은 아닌지 걱정되었다. 찔레가 고개를 가로저었다. 선뜻 약사발을 받지 못했다.

"향금이가 너 먹이겠다고 달인 거다. 향금이를 생각해서라도 어서 마셔라."

그날 낮에 향금이가 약재가 담긴 보자기를 들고 와 해주댁에게 물었다.

"아주머니, 이거 찔레에게 달여서 먹이면 안 될까요?"

"어? 너 이거 어디서 났니?"

해주댁이 깜짝 놀라 물었다. 향금이가 약재를 훔친 것이라면 큰일이었다. 향금은 해주댁의 표정을 살피더니 입을 열었다.

"마님께 드릴 탕약 달이고 남은 거예요."

"그래도 안 된다. 마님 아셨다가는 경을 치려고 그러니?"

해주댁은 손을 내저었다. 약재를 몰래 빼돌린 것이 아닌 건 다행이었다. 하지만 장군 부인이 이 사실을 알면 해주댁과 향금이를 가만두지 않을 것이었다.

"아주머니, 부탁드려요. 저대로 두면 찔레 죽어요. 어차피 이건 버릴 거잖아요. 버리기 전에 조금이라도 우려내서 먹이면 되잖아요. 제발요."

해주댁은 할 수 없이 그러자고 했다. 대신 모두 잠든 밤에 약을 달이기로 했다. 해주댁이 약사발을 들고 방으로 들어가고 향금이는 약재 찌꺼기를 아궁이에 넣고 태웠다. 혹시라도 증거를 남기면 안 될 일이었다.

해주댁의 이야기를 들은 찔레가 약사발을 들었다.

그날 밤, 찔레는 꿈에서 아버지와 달래를 만났다. 찔레가 마루에 앉아 있었다. 아버지는 어느새 자리를 털고 일어났다. 아버지가 찔레를 보며 웃었다. 아버지가 아침 일찍 약초를 캐러 나갔다. 달래가 새참이 든 소쿠리를 이고 대문을 나섰다.

"달래야, 어디 가?"

"어디 가긴. 아버지한테 가지."

"그래? 나도 같이 가자."

"언니도? 언니는 집에 있어. 나 혼자 다녀올게."

달래가 혼자 간다는 말에 찔레는 서운한 마음이 들었다.

"너는 언니를 오래간만에 보는데 반갑지도 않아?"

"오래간만에 보다니? 어제도 보고 오늘도 보고, 만날 보면서. 무슨 소리야?"

달래는 소쿠리를 머리에 이고 사뿐사뿐 걸었다. 찔레도 아버지가 보고 싶어 달래 뒤를 따랐다. 저 멀리, 아버지 모습이 보였다. 산에서 아버지가 약초를 캐고 있었다. 마치 장단에 맞춰 앞뒤로 흔들흔들 춤을 추는 것 같았다. 달래가 아버지를 불렀다.

"아버지!"

아버지가 이쪽을 돌아봤다. 그런데 갑자기 아버지의 모습이 바뀌었다. 커다란 나무에 목을 매단 채 아버지의 몸이 흔들리고 있었다. 찔레는 깜짝 놀라서 주저앉았다. 달래가 뒤를 돌아 찔레를 보더니 입을 열었다.

"그러게. 집에 있으라니까."

달래는 그 말만 남기고 어디론가 사라졌다. 찔레가 주위를 둘러봤지만 달래는 보이지 않았다.

"달래야! 달래야! 아버지!"

찔레가 깜짝 놀라 잠에서 깼다. 온몸이 비에 젖은 듯 축축했다. 꿈에서 봤던 달래와 아버지 모습이 자꾸 떠올랐다. 너무도 보고 싶었다. 행여라도 아버지와 달래에게 꿈에서처럼 나쁜 일이 생기지는 않았을까 가슴이 죄어 왔다.

두 번째 이별

찔레는 향금이와 해주댁의 보살핌으로 몸이 나아졌다. 자신을 위해 몰래 약까지 달여 준 두 사람을 생각해서 힘을 냈다.

찔레가 빨랫감을 들고 우물가에 앉았다.

"뭐 하러 나와? 내가 할게."

"아니에요, 아가씨, 아니 언니. 혼자 힘들잖아. 같이 해."

찔레가 향금이에게 언니라고 부르는 것이 어색한지 쭈뼛거리며 향금이 옆에 쪼그려 앉았다. 향금이가 찔레를 보며 미소 짓더니 방망이로 빨랫감을 두들겼다. 찔레가 그런 향금이를 빤히 쳐다봤다.

"왜?"

향금이가 자신을 빤히 쳐다보는 찔레를 보며 물었다.

"다른 사람 같아서요."

“어? 그게 무슨 소리야?”

“아가씨 처음 봤을 때 생각이 났어요.”

“칫! 난 또 뭐라고. 그리고, 너 언니라고 부르라니까 왜 그렇게 말을 안 듣니?”

향금이가 웃으면서 주먹으로 찔레의 이마를 쥐어박는 시늉을 했다. 찔레도 웃었다.

“아… 알겠어, 어… 언니.”

찔레는 향금이를 처음 만났던 날을 떠올렸다. 모든 사람에게 날 선 태도로 대하던 향금이의 모습과 지금의 모습을 비교해 봤다. 같은 사람이라는 게 믿기지 않았다.

“그땐 미안했어.”

향금이가 찔레를 보며 말했다.

“어? 아… 아니야.”

찔레가 손을 내저으며 말했다. 들키면 자신도 찔레 처지가 될 걸 알면서도 창고에 갇힌 찔레에게 밥을 먹여 준 향금이었다. 처음엔 향금이가 미웠지만, 지금은 아니다. 찔레는 향금이에게 의지하며 지냈다.

“그런데 넌 어쩌다 잡혀 왔어?”

빨래를 물에 헹구며 향금이가 대뜸 물었다. 찔레가 말이 없자 향금이가 입을 열었다.

“말하기 싫으면 안 해도 돼.”

"동생이 청나라 병사들에게 붙들렸어. 병사들이 동생을 데리고 집으로 들이닥쳤어. 나랑 동생 모두 끌고 가려고 그랬던 것 같아."

찔레는 그날 일과 정명수가 한 행동에 대해서 말했다. 정명수의 이름을 듣자 향금이가 주먹을 꽉 쥐며 부르르 떨었다.

"다 그놈 짓이었어."

"언니!"

"모두 그놈이 꾸민 짓이야. 그놈이 대감마님을 만나는 걸 봤어. 대감마님은 그놈에게 커다란 패물함을 줬어."

찔레는 향금이가 무슨 말을 하는지 알아들을 수 없었다. 찔레가 빤히 쳐다보자 향금이가 자신이 끌려오던 날 있었던 일을 이야기했다.

"이 옷으로 갈아입어라."

아직 해도 뜨기 전이었다. 아버지가 벌컥 방문을 열고 들어오더니 보자기를 바닥에 내려놓았다, 그 안엔 색동저고리와 비단치마가 들어 있었다.

"아버지! 이걸 왜요?"

"그냥 입으라면 입어. 그래야 우리 모두 살 수 있다. 그리고 지금부터 네 이름은 언년이가 아니라 향금이다."

"네? 아기씨 이름을 어찌 제가?"

"잔소리 말고 내 말대로 해라. 누가 네 이름을 묻거든 반드시 향금이라고 대답해야 한다. 알겠느냐? 얼른 갈아입고 나오너라."

언년이는 아버지의 표정이 너무 무서워 아무 말 못 하고 옷을 갈아입었다. 조금 있으니 어머니가 들어와 언년이의 머리를 빗겨주었다.

"어머니, 이게 어떻게 된 거예요? 무슨 일이에요?"

어머니는 빗질하며 말없이 눈물만 흘렸다. 날이 밝아 오자 밖이 소란스러웠다. 머리를 박박 민 덩치 큰 청나라 병사들이 집으로 들이닥쳤다. 대감마님과 안방마님이 병사들과 마주하고 서 있었다.

"나를 따라오너라."

아버지가 언년이에게 따라오라며 손짓했다.

"너는 이제 언년이가 아니다. 향금 아기씨다. 알겠지? 내 말 명심해야 한다."

"아버지!"

"내게 아버지라고 부르면 안 된다. 지금부터는 대감마님이 네 아버지다. 명심해라."

아버지를 따라간 언년이는 마당에서 벌어진 일을 보고서야 무슨 연유에서 아버지가 자신에게 비단옷을 입혔고 아기씨 이름을 불렀는지 알 것 같았다.

"대감마님, 아기씨 모시고 왔습니다요."

아버지가 대감마님과 안방마님을 보며 머리를 조아렸다.

"흠! 향금이 왔느냐?"

안방마님이 언년이를 보며 말했다. 언년이는 무서워서 고개를 들지 못하고 땅만 보고 있었다.

"이보게, 정 통사*! 내 딸을 꼭 데려가야만 하는가?"

대감마님이 정 통사라는 사람을 보고 물었다. 정 통사가 대감마님을 쳐다보며 빙긋 웃더니 대답했다.

"황제 폐하의 명령입니다. 어쩔 수 없지요."

전쟁에서 승리한 후 청나라 황제는 조정의 고위 관리들에게 자식 중 한 명을 내놓으라고 했다. 청에 볼모로 데리고 갈 것이라고 통보했다. 조선의 관리들이 청나라에 저항할 생각조차 못 하게 하려는 조치였다. 세자 부부와 대군 부부도 볼모로 가는 마당에 거부할 수 없는 명령이었다.

"큼큼. 정 통사, 자네가 내 딸을 잘 살펴 주게."

언년의 대감마님, 박 판서가 정명수와 언년이를 번갈아 보며 말했다. 박 판서는 자기 딸을 청나라에 보내지 않으려고 미리 정명수를 만나 손을 써 둔 것이었다. 누구를 데려가든 정명수에게는 상관없는 일이었다. 박판서가 건넨 두둑한 패물 덕분에 정명수는 자꾸만 웃음이 났다.

"음…."

박 판서는 못마땅하다는 표정을 지었지만, 더는 가타부타 말이

* 조선 시대에 역관을 부르던 호칭

없었다. 정명수가 병사들에게 손짓하자 창을 든 병사들이 언년이의 양쪽 팔을 잡아끌었다. 언년이가 끌려가며 뒤를 돌아봤다. 대감마님과 안방마님은 고개를 돌렸다. 멀리서 언년 어머니가 행주치마로 눈물을 닦다가 자리에 풀썩 주저앉았다.

"아버지는 누구에게라도 내 이름을 말하면 향금 아기씨가 잡혀 올 수 있으니 절대로 말하지 말라고 했어."

"언니!"

"미안해. 진즉에 말했어야 하는데……."

찔레가 언년이 곁에 다가앉더니 꼭 안아 주었다.

"나는 조선에 돌려보내 준다고 해도 가기 싫어. 딸을 지키기 위해 대감마님은 그럴 수 있다지만, 아버지까지 어떻게 나한테 그럴 수가 있어? 나는 아버지 절대로 용서 못 해."

언년이가 꺽꺽 소리 내어 울었다. 찔레는 그런 언년이의 등을 가만히 쓸어 주었다. 아버지에게 버림받은 기분이 어떨지 찔레는 상상조차 되지 않았다.

"언년 언니!"

찔레가 언년이의 이름을 작게 불러보았다. 찔레는 향금보다 언년이란 이름이 더 마음에 들었다.

그날 이후, 찔레와 언년이는 친자매처럼 가까워졌다. 몸도 마음도 힘든 생활이었지만 둘은 서로를 의지하며 견뎠다. 이 생활도 익숙해지면 지낼 만하다는 해주댁의 말도 큰 위로가 되었다.

찔레가 부엌에서 저녁 준비를 하고 있었다. 쪼그려 앉아 나물을 다듬던 찔레는 누군가 자신을 쳐다보는 느낌에 뒤를 돌아봤다. 눈을 내리깔고 찔레를 보던 정명수가 놀라며 헛기침했다. 찔레가 얼른 일어서서 뒤로 물러섰다.

"왜? 못 볼 거라도 봤느냐?"

"그… 그런 건 아니지만…."

용골대의 집에 올 때마다 찔레를 보며 음흉한 미소를 짓던 정명수였다. 언제부터 찔레를 쳐다보고 있었는지 알 수 없었다. 게다가 정명수는 눈을 내리깔고 있었다. 정명수의 눈이 자기 몸을 쳐다보고 있었다는 생각에 찔레는 소름이 끼쳤다.

"그런 건 아니라? 그럼 날 기다리기라도 했느냐?"

찔레는 아무 말 못 하고 고개를 숙였다. 그렇다고도, 아니라고도 말할 수 없었다. 찔레는 정명수가 싫고 무서웠다.

"대답이 없는 걸 보니 나를 기다린 게로구나. 하하하! 앞으로는 나를 기다리지 않게 해 주마."

정명수의 한쪽 입술이 올라갔다.

"용 장군께서 널 첩으로 들이도록 허락하셨다. 며칠만 더 고생하거라. 내가 편하게 살게 해 주마."

"예?"

찔레가 깜짝 놀라며 고개를 들었다.

"놀랄 것 없다. 그때 정뇌경이란 놈이 널 구해 주었다고 생각했느냐? 그놈은 여기서 아무런 힘도 없다. 너는 나를 만난 걸 다행으로 생각하면 된다."

그때, 집 안쪽에서 정명수를 부르는 소리가 들렸다.

"정 통사, 왔으면 들어오지 뭐 하고 있는 건가?"

장군 부인이었다.

"예, 마님. 들어갑니다."

정명수가 함께 온 짐꾼들에게 손짓했다. 짐꾼들이 커다란 상자를 메고 있었다.

"마님 방으로 옮겨라."

"예!"

"조선에서 가져온 귀한 물건이다. 조심히 옮기거라."

정명수가 안으로 들어간 후 찔레는 그 자리에 털썩 주저앉았다. 정명수의 말을 듣는 순간, 하늘이 무너지는 것 같았다. 찔레는 무릎 사이에 얼굴을 파묻었다. 부엌 바닥에 눈물이 뚝뚝 떨어졌다.

"찔레야!"

부엌으로 들어오던 언년이가 웅크리고 있는 찔레를 보며 놀라 소리쳤다.

"무슨 일이야?"

"언니, 나 어떻게 해?"

찔레가 언년이의 품에 안겼다. 언년이가 찔레의 등을 토닥였다.

"둘이 뭐 하니? 얼른 저녁 준비해야지."

해주댁이 두 아이를 보며 말했다. 찔레의 표정을 본 해주댁이 뭔가 일이 생긴 것을 알아챘는지 찔레에게는 부엌 한쪽에 앉아 있으라고 했다. 해주댁과 언년이는 서둘러 밥을 지었다. 제때 저녁밥을 준비하지 않으면 장군 부인은 불같이 화를 냈다. 그 성미를 잘 아는 해주댁은 우선 저녁밥을 지어야 했다. 일을 모두 마친 해주댁이 찔레와 언년이를 데리고 방으로 들어왔다. 찔레가 방바닥에 털썩 주저앉았다. 한참을 울던 찔레가 힘겹게 입을 열었다.

"저… 정 통사가…."

"정 통사가 왜? 너한테 무슨 해코지했어?"

언년이가 물었다. 찔레가 고개를 가로저었다.

"제가 정 통사 첩이 될 거래요."

"뭐? 첩?"

해주댁이 놀라며 물었다. 찔레가 고개를 끄덕였다. 찔레는 다시 울음이 터졌다. 해주댁이 다가와 찔레를 끌어안았다.

"아주머니, 이건 안 돼요. 절대로요."

언년이는 부아가 치밀었다. 정명수가 용골대의 집에 드나들면서 찔레를 보는 눈빛이 남다른 것은 알고 있었지만, 첩이라니 그건 말도 안 될 일이었다.

"언제라더냐?"

해주댁이 가라앉은 목소리로 물었다. 찔레는 모르겠다며 고개를 저었다. 해주댁도 정명수의 사람됨을 알고 있었다. 정명수는 독사 같은 자였다. 용골대를 비롯한 청나라 관리들에겐 귀한 물건을 바치며 입안의 혀처럼 굴었지만, 조선 사람들을 괴롭힐 때는 날카로운 이빨을 드러냈다. 그런 간사한 정명수에게 찔레를 첩으로 보낼 수는 없었다. 해주댁이 깊은 한숨을 내쉬었다.

세 사람은 잠자리에 누웠지만, 쉽게 잠들지 못했다. 찔레가 정명수의 웃는 얼굴을 떠올렸다. 도저히 그 얼굴을 마주 대하고 살 수는 없을 것 같았다. 정명수의 첩으로 사느니 차라리 죽는 것이 나았다. 찔레는 자꾸만 몸을 뒤척였다. 찔레는 새벽까지 잠들지 못했다. 옆에서 언년이의 고른 숨소리가 들렸다. 잠든 모양이었다. 찔레가 작은 소리로 해주댁을 불렀다.

"주무세요?"

찔레가 해주댁을 향해 돌아누웠다. 해주댁이 몸을 돌렸다.

"찔레야."

해주댁이 입을 열었다.

"예."

해주댁이 일어나 앉았다. 찔레도 일어나 해주댁과 마주 앉았다. 해주댁이 찔레 손을 가만히 잡았다.

"날이 밝는 대로 나와 갈 곳이 있다."

"어딜요?"

"가 보면 안다. 아침 일찍 서두를 것이니 조금이라도 눈을 붙이거라."

해주댁이 자리에 누웠다.

"아주머니!"

어딜 가자는 것인지 궁금한 찔레가 해주댁을 불렀다.

"더는 묻지 말고 자라. 어서."

해주댁의 단호한 말투에 찔레도 더 물어볼 수 없었다. 뿌옇게 날이 밝아 올 무렵이 되어서야 찔레는 겨우 잠이 들었다.

날이 밝았다. 해주댁이 찔레를 깨웠다. 해주댁은 찔레를 데리고 장군 부인을 찾아갔다.

"아침 일찍 무슨 일로 온 것이냐?"

장군 부인이 뾰족한 눈으로 물었다. 해주댁이 고개를 숙이며 말했다.

"마님, 시장에 좀 다녀오겠습니다."

"시장? 거긴 왜?"

용골대의 집엔 매일 음식 재료를 가지고 오는 상인들이 있었다. 굳이 시장에 갈 필요가 없었다. 갑자기 해주댁이 시장에 가겠다고 하니 장군 부인이 의심스러운 눈으로 쳐다봤다.

"요즘 장군님과 마님께서 기력이 약해지신 듯해서 보양식을 해 드리려고 합니다."

"보양식? 집에 산해진미가 넘쳐 나는데 보양식은 무슨."

"예. 지금도 귀한 재료들이 넘쳐 나긴 하지만 대부분 기름진 것들입니다. 요즘처럼 더울 때는 기름진 음식보다 담백한 것이 좋습니다. 저희 집안 대대로 내려오는 음식이 있습니다. 드시고 나면 더위를 싹 잊으실 것입니다."

부인의 표정이 한층 부드러워졌다. 평소에도 부인은 조선 음식을 즐겼다. 해주댁이 해 주는 냉면을 특히 좋아했다. 해주댁 집안에서 내려오는 보양식이란 말에 부인의 기분이 좋아졌다. 해주댁이 부인의 표정을 살피더니 말을 이었다.

"제가 비록 포로로 끌려 온 몸이지만 그동안 장군님과 마님의 보살핌 덕분에 잘 지냈습니다. 부족하나마 은혜를 갚도록 해 주십시오."

"뭐, 그렇다면… 다녀오게."

은혜라는 말에 부인의 얼굴에 미소가 가득했다. 해주댁이 얕게 한숨을 내쉬더니 말을 이었다.

"예. 마님. 이 아이도 데리고 다녀오겠습니다."

"그 아이는 왜?"

"이곳에 오기 전에 약초꾼인 제 아비를 따라다녔다고 합니다. 좋은 약재를 볼 줄 안다고 하니 함께 다녀오겠습니다."

해주댁이 팔꿈치로 찔레 옆구리를 살짝 쳤다.

"예, 마님. 어릴 적부터 약초를 만져 조금 볼 줄 압니다."

찔레가 기어들어 가는 목소리지만 청나라 말로 또박또박 말했다. 부인은 찔레를 보며 놀란 얼굴을 했다. 하지만 더는 말이 없었다.

"알겠네."

"예. 조반 올리고 다녀오도록 하겠습니다."

해주댁과 찔레가 아침 설거지를 마치고 집을 나섰다.

"향금 언니도 같이 가면 안 돼요?"

대문을 나서며 찔레가 물었다.

"잔소리 말고 얼른 따라와."

평소의 해주댁 모습과 달리 표정도 어둡고 말투도 단호했다. 찔레는 그런 해주댁이 낯설었다.

찔레는 대문을 나서자마자 주위를 둘러봤다. 이곳에 온 후로 집 밖에 처음 나온 찔레는 모든 것이 낯설고 신기했다. 조선의 초가집과는 비교가 안 될 만큼 큰 집을 본 찔레 눈이 커졌다.

"한눈팔지 말고 빨리 따라오너라."

해주댁이 걸음을 재촉했다. 찔레는 뛰듯이 해주댁 뒤를 따랐다. 시장에 도착했지만, 해주댁은 약초 가게엔 들르지 않았다. 고기 말린 것과 소금을 산 해주댁이 시장을 나왔다.

"아주머니, 약초는요?"

해주댁이 조금 전에 산 말린 고기와 소금을 보퉁이에 싸서 찔레에게 안겼다.

"이거 들고 얼른 따라와."

해주댁이 큰길을 따라 남쪽으로 향했다. 건물이 많은 번화가를 지나자 넓은 들판이 나왔다.

"아주머니, 여긴 왜 오셨어요?"

평소에 보던 해주댁의 모습이 아니었다. 뭔가에 홀린 사람처럼 행동했다.

"찔레야, 내 말 잘 들어. 저기 저 산 보이지?"

해주댁이 들판 끝에 있는 산을 가리켰다.

"예."

"이거 들고 저기로 가거라. 사람들에게 들키지 않도록 낮엔 숨어 있다가 밤에 움직여야 한다."

"아주머니?"

도망치라는 말이었다. 여기서 도망칠 수 없다고 했던 해주댁이었다. 찔레가 놀라 해주댁을 쳐다봤다.

"용 장군 집에 있다가는 꼼짝없이 정 통사 첩으로 가야 한다. 도망치거라. 그걸로 숨어 있는 동안 요기는 될 게다."

해주댁이 찔레 품에 안긴 보퉁이를 보며 말했다.

"안 돼요. 아주머니. 제가 사라진 거 알면 아주머니와 향금 언니가…."

찔레는 그제야 어젯밤 해주댁이 왜 아무 말도 안 해 주었는지 알 것 같았다. 해주댁과 언년이를 두고 갈 수 없었다. 찔레가 도망친 것을 알면 아주머니는 무사하지 못할 것이었다.

"아주머니만 두곤 못 가요. 안 갈래요."

"어서 가. 산에 들어가기 전까지 최대한 자연스럽게 행동해야 한다."

"하지만 아주머니! 향금 언니에게 인사도 못 했어요. 그리고…."

해주댁이 고개를 저으며 찔레의 말을 끊었다.

"이것아, 지금 그게 중요하냐? 너부터 살고 봐야지. 향금이 걱정은 하지 말아라. 내가 잘 보살피마."

"하지만 이대로 돌아가시면…."

해주댁이 찔레를 끌어안았다. 찔레의 어깨가 들썩였다. 그토록 안겨 보고 싶었던 어머니의 품 같았다. 해주댁이 서둘러 찔레를 떼어 냈다.

"이럴 시간 없다. 어서 가거라."

하지만 찔레는 발이 떨어지지 않았다.

"어서 가. 이러다 잡히면 둘 다 살아남지 못해. 어서!"

해주댁이 찔레 등을 밀어냈다. 찔레가 떨어지지 않는 발걸음을 뗐다. 해주댁이 찔레를 향해 손짓했다. 어서 가라는 뜻이었다. 찔레가 해주댁을 보고 고개를 숙이고 산 쪽으로 걸었다. 찔레가 멀어지자 해주댁이 서둘러 시장으로 향했다.

'잡히지 말고 살아야 한다. 살아서 반드시 조선 땅으로 가거라.'

만남

찔레는 앞만 보고 달렸다. 지금쯤 찔레가 도망친 것을 용골대의 집에서도 알았을 것이다. 용골대가 찔레를 잡으려고 병사를 보냈을 것이다. 여기서 잡히면 살아남을 수 없었다. 숨이 턱까지 차올랐다. 땀이 비 오듯 했다. 내리쬐는 태양 때문에 쓰러질 것 같았다. 하지만 멈출 수 없었다. 해주댁이 목숨 걸고 꾸민 일이다. 어떻게든 살아야 했다.

얼마나 달렸을까? 찔레 앞을 막아선 커다란 산이 보였다. 산 너머 어디쯤엔 압록강이 있고, 압록강만 건너면 조선 땅이었다. 찔레는 벌써 조선 땅에 도착한 것처럼 가슴이 벅찼다. 찔레가 뒤를 돌아 해주댁과 헤어진 시장 쪽을 바라봤다.

'아주머니, 고맙습니다. 부디 건강하세요. 언년 언니, 미안해. 나만 이렇게 혼자 와서.'

해주댁과 언년이가 걱정되었지만, 해주댁 말처럼 찔레는 우선 자기 걱정부터 하기로 했다. 찔레가 산을 오르기 시작했다. 일부러 길이 아닌 곳으로 들어섰다. 수풀이 우거져 걷기가 힘들었다. 찔레는 길게 자란 풀을 살며시 헤치며 조심스럽게 걸음을 옮겼다. 억센 풀에 얼굴과 팔 이곳저곳이 긁혔다. 지나간 흔적이 남으면 병사들에게 잡힐 수 있었다. 흔적을 남기지 않게 찔레는 커다란 풀 사이를 천천히 걸었다.

그때, 가까운 곳에서 웅성거리는 소리가 들렸다. 찔레가 서둘러 가시덤불을 헤치고 들어가 몸을 숨겼다. 얼굴과 팔이 가시에 긁혀 피가 났다. 피 냄새를 맡고 작은 날벌레들이 덤벼들었다. 찔레가 소리 내지 않기 위해 이를 악물었다.

"뭐 좀 찾았어?"

"아니. 쥐새끼 한 마리도 안 보여."

"그깟 포로 몇 명 도망갔다고 이 더위에 무슨 고생이람."

"그러게나 말일세."

병사들이 창으로 풀숲을 건성건성 찔렀다. 찔레가 숨은 가시덤불에도 창이 쑥 들어 왔다. 다행히 찔레 몸을 비켜 지나갔지만, 깜짝 놀라 하마터면 소리를 지를 뻔했다. 찔레가 손으로 입을 막았다.

"그만 가세."

"그러세."

병사들이 돌아갔지만 찔레는 가시덤불 속에 한참 숨어 있었다. 혹시 아직 남아 있는 병사들이 있을지도 몰랐다. 해주댁이 낮엔 숨어 있으라고 한 까닭을 알 것 같았다. 찔레는 해가 질 때까지 덤불 속에 웅크리고 있었다.

해가 지고 주위가 캄캄해졌다. 찔레가 덤불에서 나와 다시 산을 올랐다. 어디선가 산짐승 울음소리가 들렸다. 등골이 오싹했지만 찔레는 서둘러 걸음을 옮겼다. 범과 이리 같은 산짐승보다 더 두려운 것은 병사들에게 잡혀가는 것이었다.

발길을 옮기던 찔레가 잠시 멈춰 하늘을 올려다봤다. 방향을 가늠해야 했다. 북성*이 보였다. 북성을 등지고 걸었다. 문득 아버지와 밤 나들이 나갔던 때를 떠올렸다. 아버지가 전쟁터에 끌려가기 전이었다.

"아버지, 저기 별 좀 봐요."

찔레가 하늘을 보며 말했다.

"별이 참 밝구나."

"저 별이 제일 밝아요."

찔레가 손으로 별 하나를 가리키며 말했다. 아버지가 찔레를 보며 웃었다.

"북성이다. 밤에 길을 잃으면 북성을 보고 방향을 찾는단다. 그

* 북극성. 예로부터 중국에서 북극성을 '북신', '북성', '중극' 등으로 불렀다고 한다.

래서 길잡이 별이라고 하지. 북성이 있는 곳이 북쪽이다. 북성을 등지고 걸으면 남쪽이고…."

"무슨 말인지 모르겠어요."

아직 어린 찔레는 아버지가 하는 말을 알아들을 수 없었다. 아버지가 찔레를 번쩍 들어 올려 목말을 태웠다.

"여기가 북쪽이고, 여긴 남쪽. 그럼 동쪽은 어딜까?"

아버지가 제자리에서 빙글빙글 돌며 웃었다.

"아버지, 어지러워요. 내려 줘."

"동쪽이 어딘지 알아맞혀야 내려 주지."

아버지가 껄껄 웃으며 찔레를 목말 태운 채 춤을 추듯 움직였다.

"아버지."

아버지 목소리가 들리는 것 같았다. 찔레가 작게 아버지를 불러 봤다. 아버지 생각에 눈물이 났다.

낮엔 숨고, 밤엔 걸었다. 찔레는 해주댁이 준 말린 고기와 소금을 아껴 먹었다. 나뭇잎에 맺힌 이슬로 목을 축였다. 그렇게 며칠이 지났다. 찔레의 왼쪽 어깨 너머로 해가 떠오르고 있었다. 찔레는 해가 떠오르는 쪽으로 걸음을 옮겼다. 숨을 곳을 찾아야 했다. 찔레가 서둘러 숲이 우거진 곳을 찾아 몸을 숨겼다. 밤새 산길을 걷느라 피곤했던 찔레는 까무룩 잠이 들었다.

며칠을 그렇게 걷고 숨기를 반복했다. 찔레가 주머니를 뒤졌다.

아무것도 없었다. 먹을 것이 떨어진 것이다. 먹을 수 있는 것을 찾았다. 하지만 나무 열매 하나 구하기도 쉽지 않았다. 칡이라도 찾은 날은 목마름을 해결할 수 있었다. 날이 지날수록 찔레는 더욱 깊은 산으로 들어섰다. 일부러 험한 길을 찾아서 걸었다. 병사들의 눈을 피하기 위해서였다. 그럴수록 찔레의 몸은 지쳐 갔다. 이 산을 넘으면 조선 땅이 가까워진다는 생각으로 배고픔과 더위를 참고 견뎠다.

비가 내리기 시작했다. 타들어 가는 목마름에 찔레가 하늘을 향해 입을 벌리고 섰다. 빗줄기가 거세졌다. 한여름이었지만, 젖은 몸으로 더 걸을 수가 없었다. 찔레가 비를 피하려고 커다란 나무 아래에 쪼그리고 앉았다. 몸이 떨렸다. 갑자기 졸음이 밀려왔다. 찔레는 나무에 기대 잠이 들었다.

얼굴이 따가워 잠에서 깬 찔레가 깜짝 놀랐다. 벌써 해가 뜬 것이다. 찔레가 숨을 곳을 찾았다. 다행히 가까운 곳에 칡넝쿨이 우거진 곳이 보였다. 넝쿨을 헤집고 안으로 들어갔다. 넝쿨 안에 자리 잡고 앉은 찔레 눈에 더덕이 보였다. 입안에 침이 고였다. 허겁지겁 흙을 파고 더덕을 뽑았다. 껍질을 까려고 한입 베어 물었다. 그때, 시퍼런 칼날이 넝쿨 속으로 들어오며 찔레의 목을 스쳤다. 찔레는 그대로 얼어붙었다.

"쥐새끼 같은 것! 여기 숨어 있었군."

우악스러운 손길이 찔레를 끌어냈다. 찔레를 끌어낸 사내가 찔레를 바닥에 내동댕이쳤다.

"헤헤, 또 하나 잡았군그래."

"오늘 수확이 좋아. 으하하하."

등 뒤에서 웅성대는 목소리가 들렸다. 칼을 잡은 사내가 찔레의 팔을 잡고 일으켰다. 주변에 있던 사내들이 찔레 몸을 밧줄로 묶었다. 찔레가 주위를 둘러보니 밧줄에 묶인 사람이 둘이나 더 있었다.

"살려 주세요."

찔레가 끌려가며 청나라 말로 사내들에게 말했다.

"뭐야? 우리 말을 할 줄 아네. 그럼 더 비싼 값을 받을 수 있겠군. 이봐, 이년 잘 데리고 가자고."

"예!"

노예 사냥꾼. 조선에서 온 포로들이 도망치기 시작하면서 심양엔 새로운 직업이 생겼다. 병사들에게 잡히면 본래 있던 집으로 보내졌지만, 사냥꾼들에게 잡히면 시장에 팔렸다. 병사들은 이렇게 깊은 산속까지 들어오지 않았지만, 노예를 잡아 팔아서 먹고 사는 사냥꾼들은 도망친 노예들이 숨을 만한 곳이라면 어디든 쫓았다. 도망친 노예는 곧 돈이었다. 노예 사냥꾼들은 돈을 찾아서라면 험한 산도 마다하지 않았다.

찔레가 사냥꾼들에게 제발 살려 달라고 애원했다. 그러자 찔레의 몸에 채찍이 날아들었다. 채찍에 맞은 찔레가 쓰러졌다. 사냥꾼은 찔레의 머리끄덩이를 잡아당기더니 몸과 목에 밧줄을 묶었다. 압록강을 눈앞에 두고 찔레는 다시 심양으로 잡혀 왔다.

사냥꾼 우두머리가 노예 상인과 흥정했다.

"저년은 우리말도 할 줄 아니 두 배로 쳐줘야 할 거요."

상인이 찔레를 쳐다봤다.

"우리말을? 허허! 좋소! 얼굴도 반반하니 좋은 값에 팔리겠구먼."

노예 상인이 돈이 든 자루를 사냥꾼에게 건넸다. 찔레는 밧줄에 묶인 채 상인에게 끌려갔다. 지붕만 있고 사방이 쇠창살로 된 감옥 같은 작은 방이 여러 개 있었다. 그곳엔 먼저 잡혀 온 조선 사람이 가득했다. 상인이 찔레와 다른 노예들을 방에 집어넣더니 문에 자물쇠를 걸었다.

감옥 안에선 밤새 울음소리가 그치지 않았다. 찔레는 분하고 억울해서 눈물조차 나오지 않았다. 산 위에서 내려다본 압록강은 지척이었다. 강만 건너면 조선으로 돌아갈 수 있었다. 손을 뻗으면 조선 땅에 닿을 것만 같았다. 찔레는 억울한 마음에 뜬눈으로 밤을 보냈다.

날이 밝았다. 상인들이 몽둥이를 들고 돌아다니며 창살을 두드렸다. 잠들었던 사람들이 일어났다. 조금 지나니 노예를 사러 온 사람으로 시장은 북새통이었다.

"기… 길수야, 너 길수 아니니?"

찔레와 같은 감옥에 있던 아주머니가 옆 방으로 다가가며 말했다. 옆 방에 있던 남자가 아주머니를 돌아보았다. 어제 찔레와 함께 잡혀 온 남자였다.

"어머니?"

길수라는 사내는 아주머니를 보더니, 무릎걸음으로 다가와 아주머니의 손을 잡았다.

"어머니!"

사내가 어린아이처럼 엉엉 소리 내 울었다. 아주머니는 사내의 얼굴을 만졌다.

"이게 꿈이냐? 생시냐? 네가 왜 여기 있느냐?"

탕탕! 노예 상인이 창살을 몽둥이로 쳤다.

"왜 이렇게 시끄러워?"

길수 어머니가 아들에게 눈짓했다. 두 사람이 잠시 창살에서 떨어졌다. 상인에게 밉보이면 밥을 굶겼다. 하루에 주먹밥 한 덩이가 전부인데 그마저도 못 먹을 수 있었다. 어머니는 아직 노예 시장에 대해 잘 모르는 아들이 굶을까 걱정된 것이다.

쇠창살 앞을 오가며 둘러보던 사내가 길수를 가리켰다. 옆엔 부인으로 보이는 여자가 있었다. 사내가 상인에게 돈을 건넸다.

"너! 이리 나와."

길수는 무슨 말인지 몰라 그대로 있었다. 길수가 가만히 있으니 상인이 사람을 불렀다. 덩치 큰 사내 둘이 안으로 들어가서 길수를 끌어냈다. 길수 어머니가 쇠창살을 붙잡고 소리쳤다.

"우리 길수를 어디로 데려가는 겁니까? 길수야!"

"어머니!"

길수가 뒤돌며 어머니를 불렀다. 얼마나 소리를 질렀는지 목소리가 갈라졌다. 길수 어머니가 쇠창살 사이로 손을 내밀어 상인의 바짓단을 잡고 애원했다.

"이보시오. 나도 좀 데려가시오. 길수와 같이 있게 해 주시오."

상인이 몽둥이로 길수 어머니가 손을 후려쳤다.

"으악!"

길수 어머니가 뒤로 나자빠졌다.

"어머니!"

길수가 자신을 끌고 가던 사내들을 뿌리치고 어머니에게 달려와 창살 사이로 손을 집어넣었다. 뒤로 넘어진 길수 어머니가 몸을 일으키더니 길수 손을 잡았다. 상인이 화가 잔뜩 난 얼굴로 몽둥이를 들었다. 상인은 길수를 향해 몽둥이를 휘둘렀다.

"으아악! 제발!"

길수 어머니가 눈을 감았다.

"그만두시오."

찔레는 자신도 모르게 상인을 향해 청나라 말로 소리쳤다. 상인이 찔레를 쳐다봤다.

"넌 뭐야?"

찔레가 자리에서 일어났다. 도망쳤다가 잡혀 왔으니 앞으로의 삶이 어떻게 될지 알 수 없는 노릇이었다. 어딘가로 팔려 가든 여기에 남든 둘 다 짐승보다 못한 삶이었다. 찔레는 어차피 나락으로 떨어지는 삶, 할 말은 하자고 마음먹었다.

"아무리 우리가 포로로 끌려와 노예가 되었지만, 살았는지 죽었는지도 모르고 지내던 어미와 자식이 만났습니다. 함께 있게 해 주십시오. 정 안 된다면 며칠만이라도요."

"계집아이가 건방지구나. 네년이 매맛을 봐야 정신을 차리겠구나."

상인이 옆에 있던 덩치 큰 사내들에게 눈짓했다. 사내들이 고개를 숙이더니 자물쇠를 열었다. 다른 사내들은 어머니의 손을 잡고 있던 길수를 끌어냈다. 길수가 끌려가지 않으려고 쇠창살을 잡은 손에 힘을 줬다. 하지만 사내들의 힘을 이기지 못하고 질질 끌려갔다. 찔레도 사내들에게 끌려가지 않으려고 안간힘을 썼다.

"저 아이도 데려가겠소."

좀 전에 길수를 산 사내가 찔레를 가리켰다. 사내가 상인에게 돈주머니를 하나 더 건넸다. 상인의 얼굴에 미소가 번졌다.

"그년도 이분들께 드려라."

상인이 찔레를 붙들고 있던 사내들에게 명령했다. 소란이 있긴 했지만, 노예를 둘이나 팔아 기분이 좋아 보였다. 상인이 눈짓하자 덩치 큰 사내가 감옥 안으로 들어와 찔레를 끌어냈다. 찔레가 버텨 봤지만, 사내들의 힘을 이기지 못하고 질질 끌려 나왔다.

"미안하지만, 그 사내와 여자아이 내가 데려가겠네."

한 무리의 사람이 쇠창살 앞에 나타났다. 비단옷을 입은 남자가 상인을 보고 말했다. 그의 옆에는 조선 관복을 입은 사람 여러 명이 서 있었다.

"이건 또 무슨 경우요? 내가 먼저 샀는데?"

찔레와 길수를 산 사내가 얼굴을 찌푸리며 나섰다. 그러자 비단옷을 입은 남자 옆을 지키던 무관이 사내 앞을 막아섰다.

"누구시오?"

상인이 맨 앞에 있는 남자에게 물었다. 곁에 있던 다른 사람이 앞으로 나오더니 상인을 꾸짖듯 말했다.

"예를 갖추거라. 조선의 세자 저하시다."

"세자?"

세자라는 말에 상인이 뒤로 한 발 물러섰다. 찔레와 길수를 샀던 사내가 상인의 손에서 돈주머니를 낚아채더니 아내와 함께 금세 사라졌다. 아무리 조선이 전쟁에서 패했다지만, 한 나라의 세자에게 함부로 할 수는 없었다. 감옥 안에 있던 사람들이 모두 무릎을 꿇었다. 찔레도 무릎을 꿇은 채 고개를 들었다. 이런 곳에서 세자를 만나다니, 이 모든 상황이 믿기지 않았다.

"여기 있는 조선인이 모두 몇 명인가?"

세자가 상인을 향해 물었다.

"예. 열다섯 명입니다."

"그 사람들 내가 모두 데려가겠네."

"예? 모두 말입니까?"

세자가 고개를 끄덕이자 옆에 있던 내관이 상인에게 돈주머니를 건넸다. 묵직한 돈주머니를 받아 든 상인의 얼굴이 환해졌다. 세자가 상인을 보며 말했다.

"그리고 부탁이 하나 있네."

상인이 세자를 쳐다봤다.

"이곳에 잡혀 오는 조선 사람들을 함부로 대하지 말아 주게. 잘 먹이고, 편히 재워 주게. 거기에 드는 비용은 내가 주겠네."

상인이 고개를 끄덕였다. 단 하루라도 조선 백성들이 고통받지 않길 바라는 세자의 마음이었다. 상인에게 말을 마친 세자가 찔레에게 다가왔다.

"네 이름이 무엇이냐?"

세자가 찔레를 보고 물었다. 찔레는 자신에게 묻는 줄 몰라 가만히 있었다.

"저하께서 하문하시지 않느냐? 어서 답하거라."

관복을 입은 사람이 찔레에게 다가와 말했다. 찔레가 고개를 들었다. 아는 얼굴이었다.

"나리!"

"어? 너는?"

찔레와 정뇌경이 서로를 알아봤다. 세자가 정뇌경과 찔레를 번갈아 봤다.

"정 문학이 아는 아이인가?"

"예, 저하. 심양에 오는 중 봉산에서 통사 정명수가 저 아이에게 못된 짓을 하려고 한 일이 있었습니다."

정뇌경이 봉산에서 있었던 일을 세자에게 이야기했다. 정뇌경의 말을 듣고 난 세자의 표정이 어두워졌다.

"정 통사 그자는 같은 조선인이면서 어찌 그런 짓을!"

세자는 정명수의 패악질에 화가 났다. 하지만 지금은 이곳에 있는 백성들을 데리고 가는 것이 우선이었다. 그들을 구할 수 있어 다행이었다. 세자가 화를 누르며 찔레에게 물었다.

"이제 이름이 무엇인지 말해 주겠느냐?"

"예? 저… 저하. 찔레라고 하옵니다."

"찔레? 꽃 이름 말이냐?"

"예. 맞습니다."

"이름이 곱구나. 그나저나, 아까 보니 청나라 말을 할 줄 알더구나. 어디서 익혔느냐?"

세자는 찔레가 노예 상인에게 말하는 것을 모두 보고 있었다.

"같은 집에서 일하던 아주머니께 배웠습니다. 여기서 살려면 배워 둬야 한다며 알려 주셨습니다."

"그래? 그 짧은 기간에 청나라 말을 익혔단 말이냐? 허허! 영특하구나."

세자가 찔레를 칭찬하더니 감옥에 갇힌 사람들을 쳐다봤다.

"나라가 힘이 없어 너희를 이렇게 고생시키니 세자로서 면목이 없구나."

"저하, 말씀 거두소서. 천한 자들입니다."

옆에 있던 내관이 몸 둘 바를 몰라 하며 말했다.

"천하다니! 어찌 백성들을 천하다 하는가!"

세자의 호통에 내관이 한 발 물러섰다.

"세종대왕께서는 '모든 백성은 하늘이 내린 천민天民'이라 하셨다. 하늘이 내린 백성을 이렇게 고생시키고 있으니 세자로서 내 마음이 찢어지는 것 같다."

"저하, 소신이 잘못하였습니다. 용서하시옵소서."

세자의 말에 내관이 머리를 조아렸다.

"박 내관은 물론이고 강관들도 내 말을 명심하라."

"예, 저하!"

내관과 관리들이 세자를 향해 고개를 숙였다. 세자가 백성들을 보며 말했다.

"너희들 모두 나와 함께 갈 것이다. 내가 묵고 있는 곳에 가서 땅을 일구고 농사를 짓게 될 것이다."

세자 일행이 노예 시장으로 오기 며칠 전이었다. 청 황제의 부름을 받고 조회에 다녀온 세자의 얼굴에 근심이 가득했다. 황제와 신하들이 모여 정사를 의논하는 자리에 세자도 참석하라는 황제의 명이 있었다. 황제가 세자를 부르는 용건은 주로 조선 조정의 잘못을 지적하기 위함이었다.

"폐하, 호부상서* 아뢥니다. 조선 세자 일행이 고려관**에서 지낸 지 반년이 되어 갑니다. 그동안 고려관에서 사용하는 모든 비용을 호부에서 부담하였습니다. 하지만 언제까지 모든 비용을 우리가 부담할 수 없습니다. 다른 방도를 하명하여 주시옵소서."

조회 자리에 세자를 부른 까닭은 관소 운영에 필요한 비용을 청나라에서 댈 수 없다는 말을 전하기 위함이었다. 호부상서의 말에 용골대가 나섰다.

"폐하, 고려관에 땅을 내어 주고 관소에서 먹을 식량은 스스로 농사지어 조달하도록 하는 것이 좋을 듯합니다."

"용 장군의 생각이 좋을 듯합니다. 조선은 본래부터 농사를 중시하던 나라이니 식량을 스스로 생산하는 것이 가능할 듯합니다."

호부상서가 용골대의 말을 두둔하고 나섰다. 이미 두 사람이 말을 맞춘 듯했다. 황제도 두 사람의 말을 듣고 고개를 끄덕였다.

---

* 청 중앙 부처인 호부(재정과 세금을 담당하는 부서)의 우두머리
** 소현세자가 심양에서 머물던 관소를 청나라에선 '고려관'이라 불렀다. 청은 '조선'이라는 이름을 명나라에서 지어 준 것이라 하여 조선을 고려라고 부르기도 했다. 조선에선 고려관을 '심양관'이라 불렀다.

"알겠다. 호부상서는 고려관에 땅 1천 결*을 내어 주고 농사를 짓도록 하라."

황제의 말은 지금 당장 관소에 대한 재정 지원을 끊는다는 뜻이었다. 땅이 있다고 한들 농작물이 지금 당장 자라는 것도 아니며, 농사지을 사람도 없었다. 황제의 명이니 거스를 수 없었다. 앞으로 어떻게 해야 할지 생각하니 세자는 막막했다.

세자는 관소로 돌아와 세자빈에게 이 문제를 상의했다. 근심이 가득한 세자와 달리 이야기를 들은 세자빈이 얼굴에 미소를 지으며 말했다.

"저하, 잘된 일입니다."

"잘된 일이라니요? 호부에서 관소에 보내 주던 모든 비용을 주지 않겠다고 합니다. 안 그래도 힘든 관소 살림을 어찌한단 말입니까?"

"황실에서는 그동안 관소 살림에 드는 비용을 대 주는 대신 조선으로부터 청나라 병사들이 먹을 곡식을 가져오라고 요구해 왔습니다. 이는 조선 백성들의 고혈을 짜는 일입니다. 황실에서 내어 준 넓은 땅에 농사를 지으면 소출이 상당할 것입니다. 그 땅에서 생산된 곡식을 황실에 보내고 관소 살림에도 보태면 좋을 듯합니다."

세자가 세자빈의 얼굴을 빤히 쳐다보았다. 심양에 온 후로 세

---

* 1결은 3평 정도 된다. 1천 결은 3천 평이 조금 넘는다.

자빈이 웃는 모습은 처음이었다. 세자빈은 씨를 뿌리고 곡식을 거둘 때까지는 살림을 아끼고 조선에서 가져온 돈으로 지내면 된다고 했다. 듣고 보니 그럴듯했다. 하지만 당장 그 넓은 땅에 농사 지을 사람이 없었다.

"하지만 농사를 하루아침에 지을 수도 없고, 농사는 누가 짓는단 말입니까?"

"저하와 소첩이 발 벗고 나서야지요."

세자빈의 얼굴에 다시 환한 웃음이 번졌다.

"예? 부인과 제가요? 그게 무슨 말씀입니까? 자세히 말씀해 보세요."

세자는 세자빈이 무슨 이야기를 하는지 알 수 없어 물었다. 세자빈은 좋은 생각이 있다고 했다.

"농사를 지으려면 사람이 필요하지 않겠습니까? 지금 시장에서 조선인들이 노예로 팔리고 있다고 합니다."

심양에 잡혀 온 조선인 포로 중 상당수는 힘든 생활을 견디지 못해서, 조선에 있는 가족들이 그리워서 목숨을 건 탈출을 시도했다. 하지만 국경을 넘는 일은 쉽지 않았다. 중간에 잡히면 노예 시장에 팔렸고, 국경을 넘는다고 하더라도 다시 돌려보내지는 경우가 많았다. 청 황실에서 도망친 노예를 돌려보내라고 조선을 압박했다.

세자빈이 잠시 말을 멈췄다. 먼 타국에 포로로 잡혀 와 노예로 팔리는 백성들을 생각하니 세자빈은 목이 메었다. 얼마나 생활이 힘들면 도망쳤을까? 도망치다 잡혀 고초를 겪는 것은 아닌지? 세자빈이 입 밖으로 꺼내지 못한 말을 세자가 꺼냈다.

"저도 알고 있습니다. 백성들이 시장에서 물건처럼 사고 팔리고 있다고 생각하니 가슴이 미어집니다."

"저하, 그들을 구할 방법이 있습니다. 황제 폐하께 말씀드려 노예로 팔리는 조선 백성을 우리가 데려오면 어떻겠습니까?"

"포로로 잡혀 온 이들 말입니까?"

"예. 농사지을 사람이 필요하다고 하면 황제께서도 허락하실 겁니다."

세자의 말에 굳게 잠겼던 쇠창살이 열렸다. 안에 갇혀서 언제 어디로 팔려 갈지 두려움에 떨고 있던 사람들이 세자 일행을 뒤따랐다. 찔레도 사람들과 함께 세자 관소인 심양관으로 향했다. 관소에 도착하자 관리가 사람들에게 갈아입을 옷을 나눠 주었다. 작은 방에서 서너 명이 함께 지내야 했지만 짐승만도 못한 생활을 했던 그들에겐 대궐같이 넓게 느껴졌다. 짐승 취급을 받던 사람들이 따뜻한 대접에 눈물을 흘렸다. 무엇보다 자신들을 품어 준 사람이 장차 조선의 임금이 될 세자라는 사실에 안도하며 기뻐했다.

눈물을 품은 희망

"찔레야, 네 덕분에 살았다. 우리 길수도 그렇고. 고맙다. 정말 고마워."

찔레와 같은 방을 쓰게 된 길수 어머니가 찔레 손을 쓰다듬으며 말했다.

"아니에요. 제가 한 일인가요? 세자 저하께서 구해 주신 거죠."

"어떻게 그 순간에 저하께서 오셨는지, 하늘이 도운 거야. 하늘이."

어느새 심양관에서는 100여 명이 함께 지내게 되었다. 세자는 의관에게 명을 내려 다치고 병든 사람들을 치료하게 했다. 잘 먹고 깨끗한 곳에서 지내게 된 사람들은 빠르게 기운을 차렸다.

적막하던 관소에 사람들의 웃음소리가 넘쳤다. 하지만 사람 수가 늘어 관소에서 나눠 먹을 식량이 부족해졌다. 세자의 청으로 청 황실에서 당분간 관소 운영에 들어가는 비용의 절반을 지원해주기로 했지만, 관소의 살림은 점점 어려워졌다. 조선에서 보내오는 곡식을 최대한 아껴서 사용해야 했다.

수많은 사람이 관소 마당에 모였다. 서로 고향이 어디며, 언제 잡혀 왔고 어떻게 지냈는지 이야기 나누느라 왁자지껄했다. 길수가 제 어머니를 발견하고 달려왔다.

“어머니, 다친 곳은 괜찮으세요?”

길수가 어머니 손을 보며 물었다.

“나는 괜찮다. 의원 나리께서 치료를 잘해 주셨다. 너는 좀 어떠냐?”

“저는 잘 지냅니다.”

모자의 얼굴에 미소가 번졌다. 길수가 어머니 옆에 있던 찔레를 보더니 꾸벅 고개를 숙였다. 길수에겐 찔레가 은인이었다. 누구도 나서지 않았는데 찔레가 나서서 시간을 벌었고, 그사이 세자가 도착했다. 찔레가 아니었으면 길수는 어딘가로 끌려가 어머니를 다시는 못 만났을 것이다. 찔레도 길수를 향해 고개를 숙여 인사했다.

“세자 저하 납시오!”

내관이 사람들을 향해 소리쳤다. 이야기 나누던 사람들이 소리 나는 쪽을 보며 고개를 숙였다. 찔레도 고개를 숙였다. 잠시 후, 세자의 목소리가 들렸다.

"모두 고개를 들라."

세자의 말에 사람들이 하나둘 고개를 들었다. 세자의 얼굴을 처음 보는 사람들이 웅성대는 소리도 들렸다.

"그동안 얼마나 고생이 많았느냐? 세자로서 백성들이 고생하게 만들어 미안하구나."

찔레는 세자의 눈이 촉촉해진 것을 보았다. 백성들을 바라보는 세자의 마음을 알 것 같았다. 세자는 백성들의 고통을 느끼며 온 마음을 다해 슬퍼하고 있었다.

"너희를 당장 조선 땅으로 보내 주고 싶다만, 그건 불가능하다. 겨우 노예 생활에서 벗어나게 한 것이 전부다. 하지만 이곳에서 지내는 동안 너희가 사람답게 살 수 있도록 도울 것이다. 그동안 나와 함께 열심히 일하며 지내자꾸나. 언젠가는 우리가 함께 조선 땅으로 돌아갈 수 있을 것이다."

"세자 저하 천세!"

누군가 크게 소리쳤다. 사람들이 그 외침을 따라 천세를 외쳤다.

"세자 저하 천세!"

천세 소리가 관소 안을 가득 메웠다.

해가 바뀌고, 봄이 찾아왔다. 황실에서 내어 준 땅에 씨 뿌릴 준비가 한창이었다. 전쟁에서 패하고 잡혀 왔다는 패배감에 사로

잡혔던 관소에 활기가 돌았다. 농사를 지었던 사람들은 들에 나가 일을 했고, 대장장이였던 사람은 농기구를 만들었다. 저마다 할 수 있는 일에 최선을 다했다. 찔레는 부엌에서 일했다.

"아주머니, 길수 오라버니! 새참 드세요."

찔레는 자신보다 두 살 많은 길수를 오라버니라고 불렀다. 찔레가 새참을 가져왔다. 밭에서 돌을 고르던 길수와 길수 어머니가 밭둑에 아무렇게나 앉았다. 일하던 다른 사람들도 새참을 먹으러 한곳으로 모였다. 사람들은 모이면 입안의 침이 마르도록 세자와 세자빈 칭찬을 늘어놓았다.

"저하께서 보위에 오르시면 우리도 고향으로 돌아갈 수 있겠지?"

"당연하지. 저하께서는 청나라 황실과도 친분이 있으시다고 하지 않는가?"

"맞네, 맞아. 어서 그날이 왔으면 좋겠구먼."

"이 사람들, 그 입 함부로 놀리지 말게. 고향 땅 밟아 보기도 전에 저세상 가는 수가 있어."

이야기를 듣던 한 사내가 사람들을 보며 입조심하라고 일렀다. 임금이 살아 있는데 다음 보위를 이야기하는 것은 자칫 역모로 몰릴 수 있는 일이었다. 사내의 말에 지금까지 신나게 떠들어 대던 사람들이 조용해졌다.

밭에서 일하던 사람들이 새참 먹으며 이야기 나누던 그 시각, 세자 처소에서 실랑이가 벌어지고 있었다.

"저하, 나가시면 아니 되옵니다."

"왜 안 된단 말이냐? 책으로 익힌 것을 실제로 해 봐야 제대로 알 것 아니냐?"

"농사짓을 사람은 충분합니다. 저하께서는 강관들과 함께 공부에 전념하셔야 합니다."

"어허, 이 답답한 사람들을 봤나? 청이 이렇게 강성해진 까닭을 모른단 말인가? 농업과 기술을 발전시켜야 부강한 나라가 될 것 아닌가? 일은 백성들에게만 맡겨 두고 세자는 글이나 읽어라?"

세자는 백성들과 함께 농사지을 준비를 위해 밭에 가겠다고 하고, 강관들은 그럴 수 없다며 말리고 있었다.

"저하의 말씀이 옳습니다."

세자빈이 세자 처소로 들어섰다.

"저하, 저도 같이 가겠습니다."

세자빈이 방에서 나오며 강관들과 세자를 향해 말했다. 세자가 세자빈을 보고 미소 지었다. 든든한 지원군을 만난 기분이었다. 세자가 신하들 사이를 팔로 가르며 길을 열었다.

"고맙소. 자, 가시지요."

강관들은 더는 세자와 세자빈을 말릴 수 없었다. 세자와 세자빈은 나들이 가는 것처럼 웃으며 밭으로 향했다.

"저도 부엌 정리하고 나올게요. 같이 해요."

찔레가 새참을 담아 왔던 소쿠리를 머리에 이고 길수 어머니를 보고 말했다.

"부엌에도 할 일이 많을 텐데 뭐 하러."

길수가 찔레를 걱정하며 말했다.

"다들 힘들게 일하시는데 저만 편하게 있을 수 있나요?"

찔레가 밭으로 향하는 사람들에게 인사하고 관소로 향했다. 찔레는 저도 모르게 콧노래가 나왔다. 부엌일에 농사일까지 하느라 몸은 고되지만, 마음은 너무나도 편했다. 게다가 다른 사람들처럼 찔레도 세자가 보위에 오르면 조선으로 돌아갈 수 있다는 희망을 품었다. 그런 날이 하루빨리 오길 바랐다.

"네 이년!"

찔레가 관소에 거의 다 왔을 때였다. 뒤에서 찔레를 향해 한 사내가 소리를 질렀다. 찔레가 움찔하며 뒤를 돌아봤다. 찔레는 그 자리에서 장승이라도 된 것처럼 멈춰 섰다. 정명수였다. 꿈에서도 만나고 싶지 않던 그가 눈앞에 있었다. 정명수는 용골대의 말을 전하는 일로 세자 관소에 자주 드나들었다. 곧 첩으로 데려가려고 했던 찔레가 도망쳤다는 소식을 듣고 분해서 땅을 치던 정명수였다. 찔레를 본 정명수는 버럭 화를 내며 소리쳤다.

"네년이 어찌하여 여기 있는 것이야? 어디로 도망쳤나 했더니 여기에 있었어?"

정명수가 찔레에게 다가오며 손을 들어 뺨을 후려치려 했다.

"첩으로 삼아 준다고 했는데 감히 도망을 쳐?"

찔레는 눈을 감았다.

"뭐 하는 짓이냐?"

귀에 익은 목소리가 들렸다. 찔레가 눈을 떴다. 세자가 정명수를 노려보고 있었고, 세자를 호위하는 병사가 찔레를 때리려던 정명수의 팔을 꺾었다. 찔레가 세자를 보고 고개를 숙였다. 정명수가 버둥거리자 병사가 꺾었던 팔을 풀어 줬다. 정명수가 얼굴을 찌푸린 채 세자를 향해 말했다.

"용 장군 집에 있던 노비입니다. 제 첩이 되기로 했는데, 어느 날 가 보니 도망쳤지 뭡니까? 제가 저년의 지아비니 데리고 가겠습니다."

세자가 찔레를 쳐다봤다. 찔레가 정명수를 한 번 쳐다본 후, 세자를 향해 고개를 숙이고 입을 열었다.

"용 장군 집에서 지낸 것은 사실입니다. 하지만 저… 첩이 되기로 한 건…."

찔레가 말을 잇지 못했다. 지난 일을 떠올리니 부아가 치밀었다. 눈물이 날 것 같았지만, 정명수 앞에서 울고 싶지 않았다. 찔레가 용기 내어 말을 이었다.

"저는 정 통사의 첩이 되기 싫습니다. 죽는 한이 있어도 그리할 수는 없었습니다. 제가 용 장군 집에서 도망친 까닭도 정 통사의 첩이 되기 싫어서이옵니다."

"뭐야? 이년이 실성했나? 어디서 주둥이를 나불대는 거야?"

정명수가 소리치며 찔레의 머리끄덩이를 잡아챘다. 찔레의 고개가 뒤로 휙 젖혀졌다.

"정 통사! 당장 그 손 놓지 못할까?"

세자가 소리쳤다. 세자를 호위하던 병사들이 달려들어 정명수를 찔레에게서 떼어 냈다.

"이거 놔!"

정명수가 버둥거렸지만, 병사들의 힘을 이길 수는 없었다.

"정 통사는 듣거라. 이 아이는 이제 노예가 아니다. 내가 데리고 왔다. 내 백성이란 말이다. 게다가 자네와 정식으로 혼인을 한 것도 아니지 않는가? 그러니 정 통사는 그만 물러가라."

아무리 정명수라지만, 세자의 명을 어길 수는 없었다. 정명수는 발길을 돌렸다.

"다친 곳은 없느냐?"

세자가 찔레를 보고 물었다. 찔레는 고개를 더 깊이 숙이며 작은 소리로 대답했다.

"예, 저하."

"무슨 죄라도 지었느냐?"

"예?"

찔레가 놀라서 고개를 들었다.

"그래. 그렇게 고개를 들고 말해도 된다. 네 이름이 찔레라고 했지?"

"예? 예. 그렇사옵니다."

찔레는 깜짝 놀랐다. 세자가 자신처럼 천한 아이의 이름을 기억하고 있을 줄은 몰랐다.

"부인, 이 아이를 부인이 데리고 계시면 어떻겠습니까?"

세자빈이 세자의 말뜻을 모르겠다는 듯 세자를 쳐다봤다.

"이곳에 온 지 얼마 되지도 않았는데 청나라 말을 익힌 것을 보면 아주 영특한 아이입니다. 부인께서 데리고 계시면서 일을 가르쳐 보시면 어떨까 합니다."

"청나라 말을 말입니까?"

"예. 지난번에 노예 시장에서 보니 청나라 상인을 향해 제 할 말을 다 하더군요."

세자가 찔레를 보며 껄껄 웃었다. 찔레는 어쩔 줄 몰라 고개만 숙이고 있었다.

노예 시장에서 조선 사람들을 데려오기 시작할 즈음, 신하들이 세자에게 관소 살림이 어려워지고 있음을 알렸다. 도망쳤다가 잡혀서 시장에서 팔리는 조선인을 구해 오는 일을 그만해야 한다는 이도 있었다. 세자의 근심에 가득한 얼굴을 본 세자빈이 세자에게 한 가지 제안을 했다.

“이곳에 조선의 물건을 가져와 팔아 보는 것은 어떨지요?”

“조선의 물건을 말입니까? 그게 가능하겠습니까?”

“원래 유목민인 청나라 사람들은 전투에는 뛰어나지만, 농기구나 생활에 필요한 물건 만드는 기술은 부족합니다. 또한, 그동안 청나라는 명나라와 교역하며 필요한 물건을 구해서 썼지만, 지금은 명나라와 전쟁 중이니 필요한 물건을 구할 곳이 없는 형편입니다. 이 점을 이용해서 조선에서 면포나 가죽, 신발이나 과일을 가져와 판다면 큰 이문이 남을 것입니다.”

세자빈의 이야기를 듣던 세자가 고개를 끄덕였다. 세자빈의 말에 일리가 있었다. 볼모로 끌려올 때 가지고 온 조선의 물건들을 본 청나라 황족들은 놀라며 서로 갖고 싶어 했다.

“우선 지난번에 팔왕*이 부탁한 것을 구해 주면 어떨지요?”

황제의 동생인 팔왕은 은자** 500냥을 보내며 조선의 면포, 표범 가죽, 수달피 등을 가져다 달라고 부탁했다.

“하지만 그건 팔왕이 황제 몰래 구해 달라고 한 것 아닙니까?”

“맞습니다. 몰래 하면 죄가 되지만 드러내 놓고 정당하게 하면 두 나라 사이의 무역이 됩니다. 그리고 그들의 요구가 있을 때까지 기다릴 것이 아니라 우리가 먼저 제안해 보면 어떻겠습니까?”

“우리가 먼저요?”

---

* 후금을 세운 누르하치의 12번째 아들이자 홍타이지의 동생 아지거

** 은으로 만든 돈

"예, 저하. 조선에도 이득이 될 것입니다."

"음…. 좋은 생각인 듯합니다만…."

세자빈의 생각대로만 된다면 좋은 일이었다. 하지만 두 나라 사이의 일이니만큼 신중해야 했다. 그 일을 누구에게 맡길지도 고민이었다.

"저하, 그 일은 소첩이 맡아보겠습니다. 저하께서는 신경 쓰실 다른 일이 많지 않습니까?"

청 황실은 세자를 수시로 불렀다. 명과 전쟁 중인 청은 세자를 통해 조선에서 병력을 보낼 것을 요구했다. 세자는 그 일을 해결하는 것만으로도 벅찼다. 세자빈은 세자에게 조금이라도 도움이 되고 싶었다.

"예? 부인께서 직접 말씀입니까?"

"예, 저하. 제가 해 보겠습니다."

세자빈의 얼굴 가득 미소가 번졌다.

세자빈은 다음 날부터 조선에서 가져올 물건의 품목을 정리하고, 조선에 장계를 보내기로 했다. 본격적으로 두 나라가 무역하면 조선에도 큰 이익이 되고, 관소를 운영할 돈도 마련할 수 있을 것이었다.

조선의 물건을 가져와 청나라와 무역을 시작한 지 석 달이 조금 더 지났다. 무역을 시작한 후로 관소에는 청나라 사람들이 자주 드나들었고, 그만큼 일손이 부족했다. 세자빈이 찔레를 쳐다보며 세자의 뜻을 알겠다는 듯 고개를 끄덕였다.

"그리하겠습니다. 안 그래도 요즘 일손이 부족했습니다."

세자빈이 찔레를 보며 웃었다.

"내일 아침에 내 처소로 오려무나."

"예, 마마."

세자와 세자빈이 자리를 뜨고 나서도 찔레는 그 자리에 한참 동안 서 있었다. 조금 전에 있었던 일이 꿈만 같았다.

다음 날, 찔레가 세자빈의 처소를 찾았다. 세자빈은 찔레를 데리고 창고로 갔다. 창고 안에는 조선에서 가져온 물건이 가득했다. 짐승의 가죽으로 만든 물건, 대나무로 만든 바구니와 농기구부터 고급스러운 자개장까지 없는 물건이 없었다.

"이것들이 모두 조선에서 가져온 것입니까?"

찔레가 놀라며 물었다. 조선의 물건을 보는 것만으로도 가슴이 벅찼다.

"그렇다. 청나라 사람들은 우리 물건을 무척이나 좋아한단다. 이 물건들을 팔아 돈을 벌면 이곳에서 지내는 우리에게도 좋고, 조선의 백성들에게도 이득이 되니 얼마나 좋으냐?"

"마마, 놀랍습니다."

"무엇이 말이냐?"

"장사에 대해서 잘 모르오나, 우리와 청나라 모두에게 이로운 일이 아닙니까? 게다가 심양관 사람들뿐 아니라 국경 너머 우리 조선에도 이득이 된다니 놀랍지 않을 수 있겠습니까?"

찔레는 저도 모르게 세자빈을 보고 고개를 숙였다. 한 나라의 중전이 되실 분이 이토록 큰일을 하고 있다고 생각하니 든든한 마음도 들었다. 세자빈이 찔레를 보며 크게 웃었다. 창고에서 돌아오는 길에 세자빈이 찔레에게 물었다.

"찔레야, 글을 아느냐?"

"글은 배우지 못했습니다."

"그래? 그럼 글부터 익혀야겠구나."

세자빈이 궁녀를 시켜 찔레에게 글과 셈하는 법을 가르치게 했다. 찔레는 빠르게 글을 익혔다. 셈은 한참 먼저 일을 배운 궁녀들보다 빨랐다. 한 달이 지나자 웬만한 언문은 다 읽고 쓸 수 있었다. 장사하는 데 필요한 한자와 청나라 말도 익혔다. 눈썰미가 좋아 어떤 사람이 무슨 물건을 자주 사 가는지 알고 미리 준비하기도 했다. 찔레가 세자빈을 돕기 시작한 지 두어 달이 지났을 무렵이었다.

"저하, 찔레가 과연 영특합니다."

세자빈이 찔레를 칭찬했다.

"그렇습니까?"

"예. 찔레 덕분에 더 많은 이익을 남기고 있습니다. 물건 사러 와서 찔레를 먼저 찾는 사람들도 있습니다."

"하하. 그래요? 처음 봤을 때 그 아이 눈빛이 남달랐어요. 지나치게 강하지도 않으면서 유약하지도 않았지요. 이름처럼 찔레를 닮은 아이입니다. 부인께서 잘 가르치시고 도움도 받으시면 좋겠습니다."

"예, 저하."

그때 밖에서 내관의 목소리가 들렸다.

"저하, 형부시랑*과 병사들이 저하를 뵙길 청하고 있습니다."

"형부에서?"

세자가 급히 일어나 밖으로 나왔다. 세자의 처소 앞에는 형부시랑이 병사들과 함께 서 있었다. 형부시랑은 세자를 보고 고개를 숙여 예를 갖추었지만, 표정은 죄인을 대하는 듯했다.

"형부시랑께서 여기까지 무슨 일이시오?"

"시강원 문학 정뇌경이 역관 정명수를 모함하였기에 조사하러 왔습니다."

"모함이라니 무슨 말씀입니까?"

"정 문학이 증거도 없이 역관 정명수가 조선에서 황실로 보낸 물건을 빼돌렸다고 모함하였습니다. 형부에 데려가 조사를 해야겠습니다."

---

* 청나라의 6부 중 하나인 형부(사법과 관련된 일을 처리하는 부서)의 관리로 형부시랑은 4명이었으며 현재 우리나라의 법무부 차관에 해당하는 관리이다.

병사들이 정뇌경을 끌어냈다.

"정 문학, 이게 무슨 일인가?"

"저하, 미리 말씀드리지 못해 송구하옵니다. 하지만 정명수 그 자가 비리를 저지른 것은 사실이옵니다. 황실로 가야 할 물건을 빼돌려 관직에 있는 자들에게 뇌물로 바쳤습니다. 조선에서 오는 물건을 담당하는 호부의 관리가 증언하였습니다. 저하, 염려 마십시오. 진실을 밝히고 오겠습니다."

정뇌경은 그동안 정명수의 뒷조사를 해 왔다. 우연히 호부의 관리 심천로를 통해 정명수가 조선에서 황실로 보내는 물건을 빼돌리고 있음을 알아냈다. 정뇌경은 그 사실을 적어 형부에 알렸다. 관소에 와서도 패악질을 일삼고 세자에게도 무례하게 구는 정명수를 벌할 기회였다. 심천로 또한 정명수에 대한 감정이 좋지 않았다. 심천로는 정명수의 잘못에 대해 증언해 주겠다고 약속했다. 하지만 형부에서 마주한 심천로는 자신은 이 일에 대해 아는 것이 없다고 말했다.

"이보시오! 분명 정명수가 물건을 빼돌리고 있다고 하지 않았소?"

아무것도 모른다는 심천로를 보며 정뇌경이 소리쳤다.

"그게 무슨 소리요? 저는 저자도 모르고 정명수도 알지 못합니다."

심천로가 형부상서를 보며 억울하다는 듯 말했다.

"황제 폐하의 명을 전하겠다."

형부상서가 큰 소리로 외쳤다. 미리 준비한 듯 황제의 명이 적힌 글을 읽었다.

"정뇌경이 역관 정명수를 해치고자 모함한 정황이 모두 드러났다. 있지도 않은 일을 만들어 모함하였으니 그 죄가 크다. 조선인도 우리의 백성이니 우리 법에 따라 죄인 정뇌경을 교살형*에 처한다."

모든 것은 정명수의 계략이었다. 형부 문을 나선 심천로가 정명수에게 돈주머니를 받고는 어디론가 사라졌다.

며칠 후, 황제의 명에 따라 정뇌경이 형장으로 들어섰다.

"저하, 저하를 보필하는 소임을 다하지 못하고 먼저 떠남을 용서하시고 부디 옥체를 보존하시어 성군이 되시옵소서."

정뇌경이 세자에게 절을 올렸다. 세자가 절을 받으며 눈물을 흘렸다.

"나리!"

찔레가 교수대로 올라가는 정뇌경을 불렀다. 찔레는 뭐라 말을 하려고 했지만, 목이 메어 말이 나오지 않았다. 정뇌경이 뒤를 돌아봤다. 찔레 얼굴을 보며 정뇌경이 미소를 지었다. 쓸쓸하고 슬픈 미소였다.

---

* 목을 졸라 죽이는 형벌

"찔레구나. 네게 살아남으라고 했는데 내가 먼저 가는구나. 모진 일 많이 겪으며 여기까지 왔으니 너는 꼭 살아남아서 조선으로 돌아가거라."

그 말을 남기고 정뇌경은 교수대를 향해 걸어갔다.

"나리."

찔레가 정뇌경을 향해 고개를 숙여 절을 했다.

'나리, 부디 편안히 가십시오.'

찔레의 눈에서 눈물이 흘렀다. 찔레는 한참 동안 고개를 들지 못했다.

정뇌경의 목에 밧줄이 걸렸다. 잠시 후, 정뇌경의 몸이 아래로 떨어지며 밧줄이 심하게 흔들렸다.

정뇌경의 시신이 조선으로 향했다. 정명수가 시신을 조선으로 보내는 것도 막으려고 했지만, 황제는 세자의 간청을 받아들였다.

"평안도, 함경도 감사에게 사람을 보내 뇌경의 상여를 호위하도록 하라."

세자가 눈물로 명령했다. 정뇌경이 정명수의 뒤를 캔 것은 세자를 보호하기 위해서였지만 그 결과는 죽음이었다.

정뇌경의 시신이 상여에 올라 조선으로 향했다. 걸어서 왔던 그 길을 주검이 되어 돌아갔다. 상여를 떠나보내는 세자의 눈에서 하염없이 눈물이 흘렀다. 상여가 보이지 않을 때까지 세자는 꼼짝하지 않고 그 자리에 서 있었다.

새로운 세상을 꿈꾸다

"여태 안 자고 무얼 하고 있느냐?"

방문이 열리며 세자빈이 찔레의 방으로 들어섰다.

"마마!"

찔레가 깜짝 놀라 황급히 일어나 고개를 숙였다. 세자빈이 자리에 앉으며 웃었다. 지나는 길에 찔레의 방에 불이 켜진 것을 보고 들어온 것이다.

"책을 보고 있었느냐?"

"예. 마마."

세자빈이 책상 위에 놓인 책을 훑어보았다.

"이건 역법서*가 아니냐? 이렇게 어려운 책을 본단 말이냐?"

"송구하옵니다."

---

* 천체의 주기적 현상을 기준으로 절기와 시간을 정하는 방법이 적힌 책

찔레는 고개를 들지 못했다. 역법을 계산하는 관리는 따로 있는 법인데 여인인 자신이 역법서를 본 것을 들켰으니 벌을 받을 것이 틀림없었다.

"책을 본 것이 무슨 잘못이라고 그러느냐? 괜찮다. 그런데 역법서를 읽는 까닭이라도 있느냐?"

찔레가 잠시 뜸을 들이더니 대답했다.

"예? 그것이, 다름이 아니라 농사 때문입니다."

"농사?"

세자빈이 찔레의 말뜻이 궁금해 다시 물었다. 찔레가 입을 열었다.

"이곳의 기후는 조선의 기후와 차이가 있사옵니다. 씨 뿌리는 시기와 거두는 시기를 이곳 기후에 맞게 조절해야 하는데 지난 몇 년간 조선의 절기에 따라 농사를 지었더니 소출이 생각보다 적었습니다. 소출을 늘리는 데 조금이나마 도움이 될까 하여 책을 보고 있었습니다."

세자빈의 얼굴 가득 미소가 번졌다. 찔레는 진심으로 나라와 관소의 재정을 걱정하고 있었다. 세자빈 또한 심양에 온 후 세상을 대하는 자세가 달라졌다. 궁궐에서만 지낼 때는 나랏일은 사내들의 것이라고 여겼다. 하지만 여인이라서 못하는 것이 아니라 기회가 주어지지 않았기 때문임을 깨달았다. 세자 또한 같은 생각이었다. 두 사람은 앞으로 조선이 어떤 나라가 되어야 할지 많은 이야기를 나누었다. 세자빈은 자신이 할 수 있고, 해야 하는 일이 많다는 사실을 깨달았다. 세자빈이 찔레의 얼굴을 쳐다보며 입을 열었다.

"찔레야, 언제든 책도 보고 내게 네 생각을 이야기해도 좋다. 이곳에서 지내며 느낀 점이 많다. 그동안 조선은 반상과 남녀의 차별로 발전이 더뎠다. 우리가 오랑캐라고 불렀던 이 나라가 강성할 수 있었던 것은 신분을 뛰어넘어 능력에 따라 관리를 등용했기 때문이다. 저하께서도 장차 능력 있는 사람이 자신의 재능을 마음껏 펼칠 수 있는 나라를 만들고 싶어 하신다. 네가 저하께 큰 힘이 되겠구나."

찔레의 방에서 나온 세자빈이 불이 켜진 찔레의 방을 한참 동안 쳐다봤다. 찔레의 그림자가 보였다. 찔레는 다시 자리에 앉아 책을 펼쳤다. 생각할수록 기특하고 고마운 아이였다. 정뇌경의 죽음으로 슬픔에 잠겼던 세자를 다시 일어나게 한 것도 찔레였다. 세자빈은 찔레를 오래 곁에 두어야겠다고 생각했다.

정뇌경의 상여가 조선으로 떠난 뒤 세자는 앓아누웠다. 마음의 병이었다. 음식도 잘 먹지 않았다. 의관이 약을 달여 왔지만 한 모금도 삼키지 못했다. 세자는 좀처럼 기력을 회복하지 못했다.

세자가 심양으로 향할 때 정뇌경은 유일하게 세자를 보필하겠다며 자원한 신하였다. 모두 어쩔 수 없이 따라나섰다면, 정뇌경은 세자에 대한 충심 하나로 따라나선 것이다. 그런 신하가 억울한 죽임을 당한 지금, 세자는 모든 것을 놓아 버리고 싶었다.

그렇게 며칠이 지났다. 여전히 세자는 아무것도 먹지 않고 누워 있었다. 찔레가 죽을 가지고 들어왔다.

"저하, 죽을 끓여 왔습니다."

찔레가 세자빈에게 죽 그릇을 건넸다. 하지만 세자는 누운 채 손을 내저었다.

"저하, 드셔야 하옵니다. 어서 기운을 차리셔야지요."

세자빈이 죽을 떠서 입에 넣어 주려 했지만, 세자는 꾹 다문 입을 벌리지 않았다.

"저하, 이렇게 약한 분이셨습니까?"

찔레가 세자를 꾸중하듯 말했다.

"찔레야!"

세자빈이 놀라 찔레를 쳐다보며 꾸짖었다. 평소에 보던 찔레의 모습이 아니었다. 뭔가 단단히 각오하고 온 모양이었다. 하지만 한 나라의 세자를 향한 말이라기엔 너무나도 무례한 말투였다.

"마마, 소인 죽기를 각오하고 저하께 한 말씀만 드리겠습니다. 저하, 관소 밖 논과 밭에서 일하는 사람들이 무엇 때문에 저렇게 열심히 일하는 줄 아십니까?"

"어허! 무례하구나. 그만하지 못하겠느냐?"

세자빈이 찔레를 향해 호통쳤다.

"부인, 그냥 두세요. 찔레야, 내게 할 말이 있는 모양이구나. 해 보거라."

찔레가 세자와 세자빈을 향해 고개를 숙여 인사한 후 입을 열었다.

"저를 포함한 모두는 저하께서 구해 주신 목숨입니다. 이곳에 포로로 잡혀 왔을 때 삶을 포기하려고 했던 사람도 있고, 죽음을 각오하고 도망쳤다가 붙잡혀 온 사람도 있습니다. 그때 저와 그들에겐 한 몸 지켜 줄 나라가 없었습니다. 하지만 저하께서 저희를 이곳으로 데리고 오신 그날부터 저희에겐 나라가 다시 생겼습니다. 태어나서 자란 조선이란 나라가 아닙니다. 제 앞에 계신 저하께서 저희의 나라이십니다. 백성도 나라를 위해 일하고 나라를 지켜야 하듯 나라가 백성을 보호하고 지켜 주어야 합니다. 그러니 어서 드시고 기운을 차리십시오. 저희를 또 한 번 나라 잃은 백성으로 만들지 말아 주십시오."

찔레는 말을 마치고 자리에 엎드렸다. 죽기를 각오하고 한 말이니 세자의 명을 기다릴 뿐이었다. 세자는 말이 없었다. 부스럭 소리에 찔레가 천천히 고개를 들어 세자를 봤다. 세자의 눈에서 주르륵 눈물이 흘렀다.

"저하, 죽여 주십시오."

세자의 눈물을 본 찔레가 바닥에 엎드려 죽기를 청했다. 세자가 손등으로 눈물을 닦더니 천천히 몸을 일으켰다. 세자는 상 앞으로 다가앉더니 숟가락을 들었다.

'그래. 내가 저들의 나라고, 저들이 내 백성이다. 백성을 위해 내가 힘을 내야 한다.'

세자가 죽을 입에 넣었다.

"죽이다니. 나를 살린 너를 어찌 죽인단 말이냐? 찔레야, 고맙구나. 네 말이 날 살렸다."

세자는 찔레가 가져온 죽 한 그릇을 다 먹었다. 백성이 나라를 구하겠다고 끓인 죽이었다. 백성을 살리기 위해 먹어야 했다.

다음 날부터 세자는 다른 사람이 된 듯했다. 볼모로 끌려왔다는 생각을 버렸다. 황실의 조회에도 더 열심히 참석했고, 황제의 동생인 도르곤과는 물론이고, 황제의 아들들과도 자주 만나 친분을 쌓았다. 세자는 볼모가 아니라 사신의 역할을 하고자 노력했다. 점차 청 황실에서도 세자를 사신으로 대했고, 조선과 관련하여 의논할 일이 있으면 세자와 상의했다.

세자는 서양에서 들어왔다는 책도 구해서 읽었다. 서양의 책을 읽으며 새로운 세상에 눈을 뜨기 시작했다. 논과 밭에도 더 자주 나가 백성들과 함께 일했다.

찔레는 세자빈을 도와 청나라 관리, 상인들에게 물건 파는 일에 매진했다. 조선에서 가져온 과일과 생선, 생활용품을 찾는 사람이 많았다. 관소 앞은 청나라 사람들로 문전성시를 이루었다.

청나라와의 교역으로 관소 살림이 넉넉해졌다. 세자빈은 청나라와의 무역으로 번 돈을 조선에 보내기도 했다. 하지만 청나라와 무역하는 일은 임금의 노여움을 샀다. 세자와 세자빈은 그 사실을 알지 못했다.

심양에서 맞는 일곱 번째 가을*이 찾아왔다. 황실에서 급보**가 도착했다. 황제가 급사했다는 소식이었다. 세자와 관소의 관리들은 상복으로 갈아입고 황궁으로 향했다.

황제의 장례를 마치자마자 새 황제의 즉위식이 거행되었다. 황제의 자리를 비워 둘 수는 없었다. 새 황제의 나이는 고작 다섯 살이었다. 새 황제의 숙부인 도르곤이 황제를 대신해 나라의 모든 일을 맡아서 하는 섭정왕이 되었다. 청나라는 기울어 가는 명나라와의 마지막 승부를 눈앞에 두고 있었다. 도르곤이 이끄는 병사들이 북경을 향해 말을 달렸다.

한 해가 더 지나고 추수가 끝날 무렵이었다. 청나라의 어린 황제가 병사들의 환호를 받으며 자금성으로 들어섰다. 청나라 팔기군이 만리장성을 넘어 명의 수도인 북경을 점령한 것이다. 명나라 군대는 제대로 힘도 써 보지 못하고 무너졌다.

심양관에 있던 조선인들도 북경으로 향했다. 도르곤은 자금성

---

* 1643년

** 겨를 없이 서둘러 알림. 또는 그런 소식

에 있는 문연각에 세자 일행의 거처를 마련해 주었다. 자금성은 심양의 궁궐과는 비교가 안 될 만큼 넓고 웅장했다.

북경에 도착하고 며칠 후, 세자가 찔레를 처소로 불렀다.

"저하, 부르셨습니까?"

세자와 세자빈이 찔레를 반갑게 맞았다.

"그래. 어서 오너라."

세자빈이 찔레를 쳐다보며 물었다.

"이곳에 역법과 천문에 능통한 서양인이 있다는 말을 들었다. 명나라 때 이곳에 와서 흠천감 감정*으로 일하고 있다는구나. 그 사람을 만나 보지 않겠느냐?"

"서양인 말씀입니까?"

찔레는 서양인이라는 말에 놀랐다. 아직 한 번도 만나 본 적 없는 서양인을 만난다는 사실이 꺼림칙했다. 하지만 역법과 천문에 능통하다니 호기심이 생겼다. 세자빈은 찔레가 늦은 밤까지 자지 않고 역법서를 보며 공부한다는 사실을 세자에게 전했다.

며칠 전, 도르곤이 세자를 태화전**으로 불렀다.

"승전을 축하드립니다."

"고맙소. 세자의 도움이 컸습니다."

---

* 명, 청 시대의 국립 천문대인 흠천감(중국 명·청대에 천문·역법·시각 측정 등에 관한 일을 맡아보던 관청)을 담당하던 벼슬
** 자금성의 정전으로 황제가 정사를 보던 곳

세자는 심양관에서 농사지어 수확한 곡식 일부를 군량미로 보냈다. 그 덕분에 청나라 팔기군은 휘몰아치듯 북경을 함락시켰다. 두 사람은 그동안의 안부를 물으며 한참 동안 이야기를 나눴다. 이야기를 나누던 중 도르곤이 문득 세자에게 물었다.

"세자, 북경에 천문과 역법에 능통한 서양 신부가 있는데 한번 만나 보시겠습니까?"

"서양인이요? 신부가 뭐 하는 사람입니까?"

"천주교라는 서양 종교를 전하러 온 사람인데, 명나라 때부터 흠천감을 책임지고 있다고 합니다. 그 재주가 뛰어나 계속 일을 맡아 달라 부탁했습니다. 세자와 조선에 도움이 될 듯합니다."

"만나 보겠습니다. 신경 써 주셔서 고맙습니다."

"별말씀을요. 내관들에게 일러 두 사람이 만날 수 있도록 하겠습니다."

도르곤이 세자를 보며 크게 웃었다. 세자가 서양 학문에 관심이 많은 것을 알고 소개한 것이었다.

세자가 만나려는 서양인이 역법에 능하다는 말을 듣고 세자빈이 찔레도 데려가면 어떻겠느냐고 세자에게 청했다.

세자가 생각에 잠겨 있는 찔레에게 물었다.

"왜? 내키지 않느냐?"

"아닙니다. 만나 보겠습니다."

"그래. 그럼 내일 함께 가자꾸나."

다음 날, 도르곤이 보낸 내관이 세자 부부와 찔레를 남당*으로 안내했다. 조선이나 명나라의 전각처럼 화려한 색으로 칠하지 않았지만 뾰족하게 솟은 건물은 웅장했다. 마치 거대한 바위를 통째로 옮겨 와 조각해서 만든 것 같았다. 수염이 하얀 서양인이 세 사람을 맞이했다.

"어서 오십시오. 탕약망**이라고 합니다. 이곳에서 부르는 이름입니다. 본래 이름은 요한 아담 샬 폰 벨입니다."

"요한 아…담 샤알? 무척이나 긴 이름입니다."

세자가 탕 신부의 이름을 말해 보려고 했지만, 쉽지 않았다. 탕 신부가 웃으며 대답했다.

"부르시기 힘들 것입니다. 편하게 아담이나 탕 신부라고 부르시면 됩니다. 조선의 세자를 뵙게 되니 영광입니다."

탕 신부가 명나라 말로 세자와 세자빈에게 인사했다. 세자와 세자빈이 그를 보고 고개를 숙였다.

"탕약망 신부님, 저도 뵙게 되어 영광입니다. 서양의 역법과 천문에 능통하시다고 들어 만나 뵙고 싶었습니다. 이 아이는 찔레라고 합니다."

세자빈이 인사를 마치고, 탕 신부에게 찔레를 소개했다. 찔레가 고개를 숙여 인사했다. 탕 신부도 웃으며 찔레를 반겼다.

---

* 당시 아담 샬이 머물던 천주교회

** 아담 샬의 중국식 이름

"이곳에서 지내며 조선에 관한 이야기는 많이 들었습니다. 꼭 한번 가 보고 싶은 나라였는데 세 분을 뵈어 반갑고 기쁩니다."

찔레가 교회 안을 둘러보았다. 건물 안에 제단이 있고 벽에는 열십자+ 모양으로 된 나무에 한 사내가 팔을 벌리고 매달려 있었다. 사내의 손목과 발목엔 못이 박혀 있었다. 찔레의 눈이 한곳에 머무르는 것을 본 세자가 고개를 돌려 같은 곳을 바라봤다. 찔레가 바라보는 곳을 가리키며 세자가 탕 신부에게 물었다.

"신부님, 여쭙고 싶은 것이 있습니다."

"말씀하십시오."

"저기 열십자 모양의 나무에 못 박힌 사람의 형상은 무엇입니까?"

찔레가 세자와 탕 신부를 번갈아 봤다. 찔레도 궁금했던 참이었다. 탕 신부가 웃으며 대답했다.

"십자가라고 부릅니다. 천주님의 아들인 예수님께서 인류를 구원하기 위해 사람의 모습으로 이 세상에 오셨습니다. 하지만 어리석은 인간들이 그분을 십자가에 못 박아 죽였습니다."

"사람의 몸에 못을 박아 죽였단 말입니까?"

"무슨 죄를 지었기에 몸에 못을 박아 죽인단 말입니까?"

세자빈이 얼굴을 찌푸리며 물었다.

"죄를 지으신 것이 아닙니다. 죄를 만들어서 죽였지요. 죄 많은 우리를 대신하여 돌아가신 것이지요."

세자와 세자빈이 십자가에 못 박힌 예수의 모습을 자세히 봤다. 탕 신부가 말을 이었다.

"하지만 돌아가시고 사흘 만에 다시 살아나셨습니다."

"그게 무슨 말입니까? 사람이 어찌 다시 살아난단 말입니까?"

찔레가 깜짝 놀라 소리쳤다. 찔레가 손으로 제 입을 막으며 고개를 숙였다. 자신도 모르게 세자와 세자빈 앞에서 소리를 지르고 말았다. 탕 신부가 그런 찔레를 보며 환하게 웃었다. 세자빈이 당황해서 얼굴이 빨개진 찔레를 보며 괜찮다고 했다.

"아마 믿기 어려울 겁니다. 저분께서는 죽은 이들 가운데서 다시 살아나셔서 하늘에 오르셨습니다. 그 후로 많은 사람의 임금이 되셨습니다."

탕 신부는 성경에 있는 내용을 자세히 설명해 주었다. 찔레는 탕 신부의 말에 고개를 저었다. 죽은 사람이 살아났다는 것도 믿을 수 없지만, 다시 살아나서 하늘에 올랐다니 어떻게 된 영문인지 이해가 되지 않았다. 찔레가 교회 안을 빙 둘러보았다. 그러다가 한쪽 벽에 걸린 그림에 눈길이 닿았다. 십자가에 못 박혀 죽었다는 사내를 그린 것인데, 사내의 가슴에서 환한 빛이 뿜어져 나오는 모습을 그린 그림이었다. 찔레는 그림을 보는 순간, 무언지 모를 기분에 사로잡혔다. 태어나서 이런 기분은 처음이었다. 가슴 한쪽이 따뜻해지면서 마음도 편안해졌다. 그림 속 사내에게 다가가 안기고 싶은 생각이 들었다. 찔레는 이내 고개를 저으며 방금

했던 생각을 털어 내려고 애썼다. 서양인 사내에게 안기고 싶다는 망측한 상상을 한 자신이 부끄럽고 죄를 지은 기분이었다. 하지만 자꾸만 그림 속 사내에게 끌리는 마음을 어쩌지 못했다.

탕 신부가 세자와 세자빈 앞에 책 한 권을 내려놓았다.

"이 책을 보시면 그분에 대해 이해하는 데 도움이 될 것입니다."

세자가 책을 들고 펼쳐봤다. 한자로 된 책이었다. 천지 만물을 창조하고 이를 유지하는 것이 천주라는 말이 눈에 들어왔다.

"고맙습니다. 혹시 이 책을 제가 처소에 가지고 가서 읽어도 되겠습니까?"

"물론입니다. 제게 여러 권 있으니 그 책은 선물로 드리겠습니다."

"예? 귀한 책을 선물로 주신다는 말씀입니까?"

"천주님을 많은 사람에게 알리기 위해 만든 책입니다. 부담 갖지 않으셔도 됩니다."

탕 신부는 언제든지 편하게 찾아오라고 했다. 탕 신부는 조선의 젊은 세자 일행이 일부러 자신을 찾아온 것이 반갑고 기뻤다.

"사람이 다시 살아났다니 믿을 수가 없습니다."

돌아오는 길에 세자가 세자빈에게 말했다.

"저도 그렇습니다. 서양인의 사악한 술수가 아닐는지요?"

"음…. 그렇다고 하기엔 신부의 눈이 너무 맑지 않던가요? 누굴 속이려는 것 같진 않았습니다. 게다가 뭔지 모르지만, 저는 이곳이 따뜻한 느낌을 받았습니다."

세자가 손으로 왼쪽 가슴을 만지며 말했다. 찔레가 놀란 눈으로 세자를 바라봤다. 세자가 자신과 같은 느낌을 받았다는 사실이 놀라웠다.

"우선 이 책을 읽어 봐야겠습니다."

그날 밤, 세자의 처소에는 불이 꺼지지 않았다.

날이 밝자마자 세자가 세자빈을 찾았다. 처소엔 찔레도 함께 있었다. 세자는 어제 탕 신부에게 받은 책을 들고 있었다.

"이 책에 나오는 야소*라는 사람의 생각이 정말 놀랍습니다."

"야소요?"

"예. 어제 성당에서 본 십자가에 못 박혀 죽은 사람 이름이 야소입니다. 서양 사람들이 신으로 받드는 사람입니다."

세자빈이 호기심 가득한 얼굴로 세자를 쳐다봤다. 세자가 말을 이었다.

"야소의 말에 따르면 모든 백성이 다 평등하며 모두 천주님의 자식이라고 합니다. 모두가 같은 백성이라는 생각이 대단하지 않습니까? 그동안 태생이 천하다고 평생 제 뜻을 펼치지 못하고 살아온 사람들을 생각하니 야소가 더 대단해 보입니다. 책을 읽다 보니 궁금한 점이 더 많아졌습니다. 탕 신부님을 찾아가 궁금한 것을 물어봐야겠습니다."

---

* '예수'를 소리 나는 대로 한자로 적어서 부르던 말

세자는 설렜다. 그동안 반상의 구분이 당연하다고 여기며 살았다. 하지만 책을 보고 탕 신부와 이야기를 나누면서 깨달았다. 태어나는 순간 사람의 귀천이 정해진다는 것은 옳지 않았다. 자신도 왕족이 아니었다면 다른 삶을 살았을 것이다. 세자는 심양관에서 열심히 일하는 백성들을 보며 나라의 근본이 백성임을 다시 한번 느꼈다. 그들이 없었다면 조선이라는 나라도, 왕도 세자도 없었을 것이다. 그런 백성들이 모두 평등하게 대우받으며 사는 세상을 만들 수 있다면 그보다 더 좋은 일은 없을 것이었다.

세자는 다시 남당을 찾았다. 세자빈과 찔레도 함께였다.

"어제 주신 책을 다 읽어 보았습니다. 과연 대단한 책이었습니다. 천주님의 뜻이 놀라웠습니다."

"하룻밤 만에 다 읽으셨다고요?"

탕 신부가 놀라며 물었다.

"예. 그런데 읽다가 궁금한 것이 있었습니다."

세자는 책을 펼쳐 탕 신부에게 보이며 질문하기 시작했다. 탕 신부는 세자가 궁금해하는 내용에 관해 자세히 설명해 주었다. 세자의 눈이 반짝였다. 옆에서 듣고 있던 세자빈과 찔레도 고개를 끄덕이며 탕 신부의 이야기에 빠져들었다. 탕 신부는 한참이나 책 내용에 관해 이야기했다. 찔레는 대화를 들으며 어렴풋이나마 책 내용을 알 수 있었다. 기회가 된다면 자신도 꼭 읽어 보고 싶었다. 세자에게 책을 읽고 싶다고 부탁해 볼 생각이었다.

세 사람이 돌아가려고 할 때였다. 탕 신부가 방으로 들어가더니 커다란 구슬 모양의 물건 하나를 꺼내 왔다. 구슬에는 알 수 없는 그림이 그려져 있었다.

"이것이 무엇입니까?"

"천구의라고 하는 것입니다."

"천구의요?"

"예. 이게 바로 우리가 사는 땅입니다. 여기가 우리가 있는 북경입니다."

탕 신부가 천구의를 돌리더니 손가락으로 한 곳을 가리키며 말했다. 잠시 후, 그 옆을 가리켰다.

"이곳이 조선입니다."

"어찌 이 작은 곳에 우리가 있다는 말씀입니까? 말도 안 됩니다."

"처음에는 모두 그렇게 생각합니다. 우리가 사는 지구는 이렇게 둥근 모양이며 계속 돌고 있습니다."

탕 신부가 천구의를 손으로 돌리며 말했다.

"땅이 어찌 둥글다고 하십니까? 땅은 이렇게 평평하지 않습니까?"

찔레가 두 팔을 벌리며 말했다. 탕 신부가 하는 말을 도저히 믿을 수 없어 대화에 끼어들었다. 말을 마치고 찔레가 깜짝 놀라며 세자와 세자빈을 향해 고개를 숙였다. 궁금한 것이 많아 자신도 모르게 자꾸만 이야기에 끼어들었다.

"찔레야, 괜찮다. 나도 궁금하던 참이다. 신부님, 알아듣게 설명 좀 해 주시지요."

"그래. 궁금한 것이 있으면 언제든 신부님께 여쭤보거라."

세자와 세자빈이 찔레를 다독였다. 탕 신부가 웃었다.

"천구의를 처음 보는 사람들 모두 그렇게 이야기합니다. 하지만 이렇게 둥글어서 해가 뜨고 지며, 계절이 생기는 것입니다. 우리가 사는 땅이 둥글다는 사실을 아는 것이 천문과 역법을 배우는 데 기본이 됩니다."

세자가 천구의를 만져 봤다.

"이것이 우리가 사는 땅 모양이라…."

세자는 천구의를 천천히 돌리며 혼잣말했다. 땅이 이렇게 둥글다면 그 어느 곳도 세상의 중심이 될 수는 없었다. 자신이 서 있는 곳이 중심이었다. 그 순간, 세자는 사람도 마찬가지겠다는 생각이 들었다. 세자는 옆에 있는 찔레를 보았다. 찔레와 같은 백성의 눈으로 보면 양반이나 왕족이 중심이 아니라 자기 자신이 중심인 것이다. 지금까지 조선은 늘 왕족과 양반이 중심이라고 말해 왔다. 이제는 그 생각을 바꿀 때가 되었다. 모든 백성이 제 삶을 중심에 놓고 살 수 있어야 했다.

'나라를 부강하게 하고, 백성이 잘살게 하기 위해서는 유학보다 과학을 배워야 한다. 이 기술을 조선에 가지고 갈 수만 있다면

얼마나 좋을까?'

세자는 자신이 접한 서양의 기술을 조선에 전하고 싶었다. 탕 신부를 만나 이야기 듣고 새로운 물건을 보고 사용법을 익히는 일이 즐거웠다. 탕 신부에게 부탁해 서양의 물건과 책을 구해 모았다. 언제가 될지 모르지만, 조선에 돌아갈 때 가지고 갈 생각이었다.

세자빈은 세자에게 부탁해서 찔레도 탕 신부에게 더 많은 것을 배울 수 있도록 했다. 찔레는 세자빈을 도와 청나라와 무역하는 일을 하겠다고 했지만, 세자빈은 고개를 저었다.

"찔레야, 그 일은 네가 아니어도 되지만, 서양 기술을 배우는 일은 너 아니면 안 될 듯하다. 가서 열심히 배우거라."

배움에 대한 찔레의 열정이 크다는 것을 세자빈도 알고 있었다. 새로운 것을 배우고 익히도록 돕고 싶었다. 찔레는 자신의 마음을 헤아려 주는 세자빈에게 고마웠다. 찔레는 탕 신부에게 가서 서양의 역법과 기술에 대해 배우기 시작했다.

"배우는 일이 어렵진 않으냐?"

탕 신부를 만나고 돌아오는 길에 세자가 찔레에게 물었다.

"어렵사옵니다. 그러나 재미있습니다."

"어려운데 재미있어?"

"예, 저하! 새로운 것을 접할 때 이것이 가능한가 하는 생각이

들며 너무도 어렵습니다. 하지만 차근차근 배워 나가다 보면 새로운 세상을 보는 듯합니다. 오늘은 《기기도설》이라는 책을 보았습니다. 무거운 돌을 가볍게 들 수 있는 기술이 적힌 책입니다."

찔레가 신나서 이야기했다.

"무거운 돌을 가볍게 들어? 사람이?"

"사람이 드는 것이 아니라 도구를 이용하여…."

찔레는 배운 내용을 세자에게 자세히 들려주었다. 세자는 찔레의 이야기를 들으며 고개를 끄덕였다. 과연 흥미로운 것들로 가득했다.

다음 날, 세자가 탕 신부에게 할 말이 있다며 남당으로 찾아갔다. 찔레는 《기기도설》에 나와 있는 내용에 대해 궁금한 것이 있어서 세자와 동행했다.

"조선에도 신부님 같은 선교사를 보내 주실 수 있을지요?"

세자의 말에 탕 신부가 깜짝 놀랐다. 동양의 어떤 나라도 먼저 선교사를 보내 달라고 요청한 곳은 없었다. 조선의 왕이 될 세자가 선교사 파견을 요청하니 탕 신부는 놀랍고 반가웠다.

"너무나도 고맙고 반가운 일입니다. 제가 로마에 서신을 보내겠습니다. 로마에서도 반가워할 것입니다. 하지만 시일이 오래 걸릴 것입니다."

"기다리겠습니다. 신부님 같은 선교사의 도움을 받을 수 있다면 기다릴 수 있습니다."

세자의 말에 탕 신부가 고개를 끄덕이며 눈을 감았다. 잠시 생각에 잠겼던 탕 신부가 입을 열었다.

"저하, 혹시 조선 사람 중 한 명이 세례*를 받는 것은 어떨지요? 저하께서 받으신다면 더욱 좋겠습니다."

"세례요?"

"예. 천주교를 믿겠다는 약속 같은 것입니다. 천주님의 자녀가 되는 것입니다. 선교사에게 교리를 배우는 것도 중요하지만, 같은 나라 사람끼리 교리를 전하면 더 받아들이기 쉽습니다."

세자는 고민에 빠졌다. 천주교 교리가 마음에 와닿은 것은 사실이지만, 자신은 한 나라의 세자였다. 게다가 조선은 유학의 나라였다. 세례를 받겠다고 선뜻 약속할 수 있는 일이 아니었다.

"신부님, 제가 세례를 받아도 되는 것입니까?"

"네가?"

세자와 탕 신부가 동시에 찔레를 보며 물었다. 찔레가 말없이 고개를 끄덕였다. 아직 천주학 책은 보지 못했지만, 신부와 세자가 나누는 대화만 들어도 배우고 싶은 마음이 들었다. 또한, 조금 전에 세자의 눈빛을 봤다. 세례받길 원하지만, 세자라는 신분 때문에 망설이고 있다는 것을 알 수 있었다.

"예, 저하! 저하께서 하시고자 하는 일에 도움이 되고 싶습니

---

* 가톨릭교회에 입교하는 의식

다. 무엇보다 두 분의 말씀을 들으며 저도 천주학이 궁금해졌습니다. 그리고 처음 성당에 왔던 날 저 또한 저하처럼 마음이 편안해지는 것을 느꼈습니다. 저하께서 허락하신다면 천주님의 자녀가 되고 싶습니다."

탕 신부가 찔레의 말에 고개를 끄덕였다. 세자는 찔레가 세례를 받을 수 있도록 허락했다. 찔레는 석 달 동안 천주교 교리를 배웠다.

찔레를 위한 세례성사가 있는 날이었다. 다른 신하들에게는 비밀로 해야 했기에 세자와 세자빈만 참석한 가운데 조용히 진행되었다.

"이제 찔레는 바르바라라는 이름으로 천주님의 자녀가 되었습니다."

탕 신부는 찔레가 바르바라로 새로 태어났음을 선언했다.

"바르바라는 건축가나 기술자들의 수호성인*입니다. 앞으로 바르바라 성인께서 찔레를 보호해 주실 것입니다."

"고맙습니다. 신부님."

찔레가 탕 신부를 향해 깊이 고개를 숙였다. 세자와 세자빈도 찔레에게 다가와 축하했다.

"찔레야, 축하한다."

찔레가 세자와 세자빈을 쳐다봤다. 심양에서 도망쳤다가 잡혀

---

* 가톨릭교회에서는 자신이 존경하는 성인(성녀)을 수호성인으로 삼아 자신의 세례명을 정한다.

왔을 때는 삶을 포기하려고도 했다. 그런 찔레를 구해 준 것이 두 사람이었다. 찔레에게 새로운 삶을 준 것이었다.

"모든 것이 저하와 마마 덕분입니다."

"천주님의 자녀가 된 것을 축하하는 선물입니다. 축하해요."

탕 신부가 찔레에게 묵주를 주었다. 찔레가 손을 내려다봤다. 은으로 된 십자가가 달린 묵주였다.

"나는 장차 조선을 유학이 아닌 과학이 우선인 나라, 신분이 아닌 능력에 따라 누구나 관리가 될 수 있는 나라로 만들고 싶다. 네가 날 많이 도와다오."

세자가 찔레를 보며 말했다. 찔레가 천천히 고개를 끄덕였다.

'저하, 꼭 그런 나라를 만들어 주소서. 제가 저하께 도움이 될 수 있다면 무슨 일이든 하겠습니다. 천주님, 저하와 저를 보살펴 주소서!'

찔레가 묵주를 쥐고 눈을 감았다. 자신의 기도가 하늘에 닿길 바랐다.

다시 조선으로

“세자께서 우리와 함께 지낸 지 벌써 8년이 지났군요.”

도르곤이 세자와 마주 앉았다.

“예. 벌써 그렇게 되었습니다.”

“자금성에 온 후로 세자를 자주 만나지 못해 아쉬웠습니다.”

“제국을 경영하는 분이시니 늘 바쁘시지요. 베풀어 주신 배려 덕분에 저는 잘 지내고 있습니다.”

세자는 볼모로 끌려와 자유로운 몸은 아니지만, 더 큰 세계를 만나게 된 된 것을 행운으로 여겼다.

“세자, 그동안 고생 많으셨습니다.”

도르곤이 작별 인사를 하듯 말했다. 세자는 무슨 뜻인지 몰라 어리둥절하며 도르곤을 쳐다봤다. 도르곤이 말을 이었다.

“이제 조선으로 돌아가셔도 좋습니다.”

"예? 정말이십니까?"

세자의 물음에 도르곤이 고개를 끄덕였다.

"그동안 우리가 쌓은 우정이 깊은데 헤어지려니 아쉽지만, 언제까지나 이곳에 있어 달라고 할 순 없는 일이지요. 그동안 저희가 세자께 무례하게 행동한 일이 있다면 털어 버리시기를 바랍니다. 떠날 준비를 마치는 대로 돌아가셔도 좋습니다."

"고맙습니다."

세자가 고개 숙여 인사했다. 도르곤도 세자를 향해 고개를 숙였다. 지난 8년 세월이 떠오르며 세자는 가슴이 벅찼다. 드디어 조선으로 돌아갈 수 있다. 그동안 청나라에서 보고, 듣고, 배운 것을 떠올렸다. 그 모든 것을 조선 백성들과 나눌 생각을 하니 더없이 기뻤다.

"세자께 묻고 싶은 것이 하나 있습니다."

도르곤이 뭔가 생각났다는 듯 입을 열었다.

"말씀하시지요."

"조선의 선비나 왕족들은 유학을 최고로 알고 공부한다고 들었습니다. 그런데 세자께선 어찌하여 조선에서 천하게 여기는 역법이나 기술에 관심이 많은 것입니까?"

세자가 웃으며 답했다.

"유학을 배우고 익히는 일도 무척 중요합니다. 사람이 사람으로서 지켜야 할 도리를 알려 주는 학문이니까요. 하지만 백성에겐 먹고사는 문제가 더 시급합니다. 이곳에 와서 알게 된 책과 서양의 기술은 백성을 위한 것이었습니다. 백성을 위한 나라를 만들려면 꼭 필요한 것이라고 여겼습니다."

"그럼 하나만 더 묻겠습니다. 세자는 조선을 어떤 나라로 만들고 싶은 것입니까?"

"백성이 모두 공평하게 대우받는 나라를 만들고 싶습니다. 탕 신부에게 천주교 교리를 배우며 깨달았습니다. 부자든 가난한 자든, 양반이든 상민이든 모두 하늘이 내린 사람이라는 것을요. 모두가 그렇게 소중한 사람인데 그동안 차별을 당연하게 생각하며 살아왔습니다. 이곳에서 배운 것을 바탕으로 모든 백성이 평등한 나라를 만들고 싶습니다."

세자의 답에 도르곤이 고개를 끄덕였다.

"꼭 그렇게 되길 바랍니다. 세자는 좋은 임금이 될 것입니다. 앞으로 청과 조선도 서로 우애 있게 지내면 좋겠습니다. 돌아가실 준비하며 필요한 일이 있으면 말씀하십시오. 최대한 돕겠습니다."

세자는 도르곤에게 인사하고 처소로 돌아왔다. 세자는 관리들을 불러 도르곤의 말을 전했다.

"저하!"

관리들이 눈물을 흘리며 세자 앞에 무릎을 꿇었다. 기쁨의 눈물이었다. 한 나라의 세자가 다른 나라에 볼모로 와서 치욕의 시간을 보내야 했다. 그 시간을 굳건히 버텨 준 세자였다. 관리들이 일어나 세자에게 큰절을 올렸다.

"저하, 경하드립니다."

"모두 고생 많았소. 돌아갈 채비를 합시다."

세자는 세자빈, 쩔레와 함께 탕 신부를 찾았다. 그동안 많은 것을 베풀어 준 탕 신부에게 고마움을 전하고 싶었다.

"탕 신부님, 조선으로 돌아가게 되었습니다."

"저하, 잘되었습니다. 그동안 타국에서 고생 많으셨습니다."

"아닙니다. 신부님도 알게 되고, 신부님께 많은 것을 배웠습니다. 신부님 덕분에 조선 백성들이 더 나은 세상에서 살게 될 것입니다."

"제 덕이라니요. 과찬이십니다. 저하께서 이 늙은이를 찾아와 주셔서 영광이었습니다."

"고맙습니다. 신부님."

세자가 덥석 탕 신부의 손을 잡았다. 탕 신부가 세자를 바라보며 웃었다. 탕 신부가 세자에게 비단 주머니 하나를 내밀었다. 세자가 환하게 웃으며 비단 주머니를 받았다.

탕 신부가 쩔레를 보며 말했다.

"바르바라, 기도할게요. 천주님께서 바르바라를 보살펴 주실 겁니다. 잘 가요."

"신부님, 고맙습니다. 건강하시길 바랍니다."

세자 일행은 며칠 후, 자금성을 떠나 조선으로 향했다. 세자는 탕 신부에게 부탁해 자명종, 망원경, 천구의, 세계지도 등 서양 물건과 천문과 역법, 건축에 관한 책을 구해 조선으로 가져갈 짐에 넣었다.

도르곤과 탕 신부가 조선으로 떠나는 세자 일행을 배웅했다. 한양을 떠나온 지 8년 만에 세자가 귀국 길에 올랐다. 세자의 가슴속은 조선을 부강하게 만들려는 부푼 꿈으로 가득 찼다. 찔레는 세자의 뒤를 따르며 묵주를 꺼냈다. 찔레가 묵주를 들고 성호를 그었다.

세자 일행이 압록강을 건너 조선 땅에 들어섰다. 거리마다 세자 일행을 맞이하러 나온 백성들로 가득했다. 백성들은 세자 일행을 보며 환호했다. 눈물을 흘리는 사람도 있었다. 세자가 말에서 내려 백성들 곁으로 갔다. 평안도 관찰사가 세자를 향해 절을 했다.

"저하, 그동안 얼마나 고생하셨습니까?"

세자가 관찰사의 손을 잡아 일으켰다. 그리고 그 자리에 모인 백성들을 바라보며 말했다.

"이렇게 반겨 주니 고맙구나. 전쟁에서 패한 대가를 치르느라 조선 백성 모두가 고생했을 것이다. 앞으로 조선은 백성이 주인이 되는 강한 나라가 될 것이다. 모두가 잘사는 세상을 함께 만들어 가 보자."

세자를 맞이하러 나온 백성들이 손뼉을 치며 환호했다. 도성으로 가는 길목마다 세자를 보러 나온 사람들로 발 디딜 틈이 없었다.

"부인, 조선의 산천이 얼마나 그리웠는지 모릅니다. 내 땅에 돌아오니 너무도 기쁩니다."

세자가 주위를 둘러보며 감격했다. 세자빈도 조선의 산과 들을 쳐다보며 기쁨의 눈물을 흘렸다.

세자 일행이 황해도 땅을 지날 때였다. 고향 땅이 가까워지자 찔레는 여러 생각이 들었다. 당장이라도 집으로 달려가, 달래와 아버지를 만나고 싶었다. 하지만 자신은 세자에게 입은 은혜를 갚기 위해서라도 도성으로 가야 했다.

"찔레야, 무슨 걱정거리라도 있느냐?"

요 며칠 유난히 표정이 어두운 찔레가 걱정되어 세자빈이 물었다.

"아닙니다, 마마."

"무슨 일인지 말해 보거라. 평소의 네 모습과 달라서 걱정되는구나."

세자빈의 말에 찔레가 어렵게 입을 열었다.

"여기서 조금만 가면 제가 살던 마을입니다."

"그래. 맞다. 네 집이 봉산이라고 했지?"

"예, 마마. 아비와 동생이 어찌 지내는지 궁금하여 저도 모르게 그만."

찔레가 세자빈을 향해 고개를 숙였다. 세자와 세자빈의 사람이 되기로 결심해 놓고 사사로이 마음을 쓴 것이 죄스러웠다.

"아니다. 내가 미처 생각하지 못했구나. 아비와 동생이 얼마나 그리웠느냐? 내가 저하께 말씀드리마. 내일 날이 밝는 대로 집에 다녀오거라."

"마마! 정말이십니까? 그래도 됩니까?"

"그럼. 되고말고. 호위 군관이 같이 갈 것이다. 아비와 동생을 만나 보고 오너라. 우리가 조금 천천히 갈 테니 말이다."

다음 날, 날이 밝자마자 찔레는 군관과 함께 말을 타고 봉산으로 향했다. 말을 탄 덕분에 찔레는 반나절 만에 마을에 도착했다. 8년이라는 세월이 흘렀지만, 마을은 찔레가 떠나던 그때 모습 그대로였다. 찔레가 서둘러 집으로 향했다. 집에 도착한 찔레가 서둘러 말에서 내렸다.

"어떻게 이럴 수가."

찔레의 입에서 탄식이 새어 나왔다. 찔레가 살던 집은 흙담이 무너져 내렸고, 지붕도 썩어서 새까맣게 변했다. 찔레가 마당으로 들어섰다. 아버지와 달래가 집을 떠난 지 꽤 오랜 시간이 흐른 듯했다.

"아버지! 달래야!"

찔레가 마루에 털썩 주저앉았다. 마루에서 먼지가 일었다.

"누구냐!"

집 밖에서 군관의 목소리가 들렸다. 찔레가 고개를 들었다. 한 사내가 문밖에서 안을 들여다보고 있었다.

"찔레야! 너 찔레 맞지? 살아 있었구나."

산돌이었다. 찔레가 군관에게 눈짓했다. 문을 막고 있던 군관이 비켜섰다. 산돌이가 달려와 찔레의 손을 잡았다.

"이거 꿈 아니지? 너 진짜 찔레 맞는 거지?"

찔레가 고개를 끄덕였다. 찔레의 눈시울이 붉어졌다.

"산돌아!"

찔레는 목이 잠겨 말이 잘 나오지 않았다. 침을 삼킨 찔레가 겨우 입을 열어 산돌이에게 물었다.

"아버지랑 달래는?"

찔레의 물음에 산돌이의 표정이 어두워졌다. 찔레 눈에서 눈물이 뚝 떨어졌다. 끝까지 붙들고 있던 희망의 끈이 툭 끊어지는 느낌이었다.

"찔레야, 미안해. 내가 잘 돌봐 드렸어야 했는데…."

산돌이가 그동안 있었던 일을 들려주었다.

찔레가 청나라 병사들에게 끌려간 후, 달래는 아버지를 위해 마을을 돌아다니며 음식을 구걸했다. 난리를 겪고 난 마을엔 인심이 넉넉하지 못했다. 그나마 달래네 사정을 가엾게 생각한 마을 사람들은 조금이나마 음식을 내어 주었다.

"아버지, 밥 드세요."

달래가 밥상을 차려 왔지만, 아버지는 숟가락을 들지 않았다. 그렇게 며칠이 지났다. 아버지가 달래를 불렀다.

"달래야!"

"예, 아버지."

"고깃국이 먹고 싶구나."

달래는 아버지가 뭘 드시고 싶다고 하니 기뻤다.

"예, 아버지. 구해 올게요. 조금만 기다리세요. 얼른 다녀올게요."

달래는 아버지에게 씩씩하게 말하고 방문을 나섰다. 하지만 보리밥도 아니고 고기를 어디서 구해야 할지 막막했다.

"미안하다. 달래야!"

문을 열고 나서는 달래의 뒷모습을 보고 아버지가 눈물을 흘렸다.

달래는 우선 산돌이네 집으로 향했다. 찔레가 잡혀가던 날, 산돌 어머니의 눈빛을 본 후로 달래는 산돌이네 집에 발길을 끊었다. 아들을 살리려고 그런 것이란 걸 알면서도 서운한 마음이 컸다. 산돌이가 간혹 집에 들러 먹을 것을 가져다줬다. 달래가 먼저 찾아간 적은 없었다. 하지만 오늘은 사정이 달랐다. 그동안 아무

것도 드시지 않던 아버지가 드시고 싶은 것이 생겼다. 달래가 부탁할 사람은 산돌 어머니밖에 없었다.

"아주머니! 아주머니 안에 계세요?"

달래가 선뜻 마당으로 들어서지 못하고 대문 앞에서 산돌 어머니를 불렀다. 방문이 열렸다. 산돌 어머니가 밖으로 나왔다.

"달래 아니냐?"

산돌 어머니의 부드러운 목소리에 달래는 마음이 놓였다. 달래가 꾸벅 고개 숙여 인사했다. 달래가 고깃국이 먹고 싶다는 아버지 말을 전했다. 달래의 이야기를 들은 산돌 어머니 표정이 갑자기 어두워졌다. 달래에게 어서 집으로 가자고 했다. 달래는 산돌 어머니와 함께 집으로 왔다. 산돌이가 뒤따라왔다.

"아버지!"

달래가 불렀지만 아무런 기척도 없었다. 달래가 방문을 열려고 했다. 그때, 산돌 어머니가 달래 손을 잡았다.

"산돌아!"

산돌 어머니가 산돌이에게 문을 열라고 했다. 산돌 어머니는 달래를 데리고 마당으로 내려섰다.

"아주머니, 왜 그러세요?"

"에이그. 불쌍한 것."

산돌이가 방문을 다시 닫더니 고개를 떨궜다. 산돌이의 눈에서 눈물이 떨어졌다. 달래도 뭔가 잘못되었다는 것을 알아챘다.

"아버지! 아버지!"

달래가 방으로 들어가려고 했다. 하지만 산돌 어머니가 뒤에서 달래를 안았다.

"달래야, 안 된다."

산돌 어머니의 눈에서도 눈물이 흘러내렸다. 달래가 아버지를 부르며 그 자리에 주저앉아 통곡했다. 아무것도 못 먹던 아버지가 고깃국 이야기를 했을 때 눈치챘어야 하는데, 전혀 몰랐다. 그저 아버지 입맛이 돌아왔는가 싶었다. 아버지가 미웠다. 언니도 없는데, 자기만 남겨 두고 홀로 떠난 아버지가 미치도록 미웠다.

"네가 그렇게 끌려가고, 몸은 계속 편찮으시고…. 달래에게 짐이 된다고 생각하셨던 것 같아."

산돌이가 말을 마치며 찔레를 쳐다봤다.

"달래는?"

산돌이의 이야기를 듣던 찔레가 울음을 삼키며 겨우 입을 뗐다. 찔레의 얼굴은 콧물과 눈물로 범벅이었다. 산돌이가 고개를 가로저었다. 찔레가 놀란 눈으로 산돌이를 쳐다봤다. 달래는 어떻게든 살아 있을 거라 생각했다. 산돌이의 표정이 어두웠다. 그렇다면 달래도? 찔레는 가슴이 조여 왔다. 숨이 쉬어지지 않았다.

"찔레야, 괜찮아?"

산돌이가 걱정스레 물었다. 겨우 진정한 찔레가 고개를 끄덕였다.

"우리 달래도… 죽었…어?"

달래라는 말이 겨우 목구멍을 넘어왔다.

"나도 몰라. 아저씨 돌아가시고 며칠 뒤에 집에 가 보니 달래가 사라졌어."

"사라져? 어디로?"

산돌이가 고개를 저었다.

달래는 아버지를 산에 묻고 온 날부터 방에서 나오지 않았다. 산돌이가 자기 집에서 함께 지내자고 했지만, 달래는 대꾸도 하지 않았다. 며칠 후부터 달래는 종일 마루에 앉아 먼 산을 바라보며 같은 말만 했다.

"언니한테 갈 거야."

"달래야, 무슨 말이야? 찔레가 어디 있는 줄 알고 간다고 그래?"

"언니한테 갈 거야."

달래는 그 말 이외에는 아는 말이 없는 것 같았다. 그러던 어느 날, 달래가 사라졌다. 산돌이가 먹을 것을 챙겨 갔더니 달래가 사라지고 없었다. 늘 마루에 있던 달래가 보이지 않았다. 산돌이가 온 마을을 돌아다니며 찾아보았지만, 누구도 달래를 봤다는 사람이 없었다. 그렇게 8년의 세월이 흘렀다.

찔레는 마루에 앉아 한참이나 울었다. 홀로 외롭게 떠난 아버지 생각에, 살았는지 죽었는지 알 수조차 없는 동생 생각에 가슴이 미어졌다. 산돌이는 아무 말 없이 찔레 곁에 있었다. 어떤 말도 해 줄 수 없었다.

"고마워. 산돌아!"

찔레가 눈물을 닦으며 산돌이에게 말했다.

"아니야. 미안해. 아저씨와 달래를 지켜 주지도 못하고."

"네 잘못 아니야. 누구 잘못도 아니야."

둘은 아무 말 없이 한참 동안 앉아 있었다. 찔레가 산돌이를 보며 말했다.

"산돌아!"

산돌이 찔레를 봤다.

"고마워. 아버지와 달래 소식 알려 줘서."

산돌이가 고개를 저었다. 찔레가 괜찮다고 해도 여전히 미안하고 죄스러웠다.

"산돌아, 나 그만 갈게."

"간다고? 어디로? 집에 온 거 아니었어?"

찔레가 고개를 저었다. 찔레는 세자의 도움을 받은 이야기를 했다.

"세자 저하를 위해 해야 할 일이 많아. 날 구해 주신 분이야. 그분을 도와야 해. 산돌아, 잘 지내."

찔레가 대문을 나서 말에 올랐다. 산돌이는 말이 보이지 않을 때까지 자리에 서 있었다. 오랜 기다림 끝에 짧은 만남이었다.

세자 일행과 만난 찔레는 일부러 밝은 표정을 지었다.

"아버지와 동생을 만났느냐?"

찔레가 고개를 저으며 말했다.

"못 만났습니다. 다른 곳으로 떠났다고 합니다."

"그래? 그럼 어디로 갔는지는 아느냐?"

"모릅니다. 하지만, 언젠가는 만나게 될 겁니다. 마마 덕분에 제 아비와 동생 소식을 들었으니 그것으로 충분합니다."

찔레가 세자빈을 보며 웃었다. 슬픔이 묻어나는 웃음이었다. 세자빈도 그 사실을 눈치채고 더는 묻지 않았다. 그날 밤, 찔레의 눈에선 눈물이 멈추지 않았다.

이루지 못한 꿈

세자 일행이 드디어 도성에 도착했다. 도성 거리가 한산했다. 평안도와 황해도의 거리와는 다른 모습이었다. 세자가 도착한다는 기별이 당도했을 텐데 도성 거리에는 마중 나온 사람이 한 명도 보이지 않았다.

"저하, 어찌 이럴 수가 있습니까? 8년 만에 돌아오는 저하를 이렇게 대하다니요."

"부인, 진정하시오. 아바마마와 대소신료들이 정사에 바쁘신 모양입니다. 우리가 찾아뵙고 인사 여쭙시다."

세자 일행이 창덕궁*으로 들어섰다. 쓸쓸한 환궁이었다. 세자와 세자빈이 희정당**으로 향했다. 내관과 궁녀들이 청에서 가지

---

* 법궁(임금이 거처하는 궁궐)인 경복궁이 임진왜란 때 화재로 소실되었으며 1876년 경복궁이 중건되기 전까지 창덕궁이 조선의 법궁 역할을 했다.

** 창덕궁에서 왕이 가장 많이 머물렀던 곳으로 편전으로 사용했다.

고 온 물건을 들고 따라왔다.

세자 부부가 임금에게 큰절을 올렸다. 임금은 끙 소리를 내며 옆으로 돌아앉았다. 8년 만에 돌아온 아들 부부를 반기는 모습이 아니었다.

"아바마마, 그동안 강녕하셨습니까?"

"무사히 돌아와 다행이구나."

임금이 마지못해 입을 열었다.

"아바마마, 이 물건들 좀 보십시오."

임금과 세자 부부 사이에는 세자가 탕 신부에게 부탁해 구해 온 서양의 물건들이 줄지어 있었다. 세자가 천구의를 돌려 조선을 찾았다.

"이곳이 조선입니다. 우리가 사는 세계는 이렇게 둥글게 생겼고, 하루에 한 바퀴씩 돈다고 합니다. 그래서 밤과 낮이 생기는 것이며…."

"이놈!"

세자의 말을 끊으며 임금이 소리쳤다. 세자와 세자빈이 놀라서 임금을 쳐다봤다.

"네놈이 세자가 맞느냐?"

"아바마마, 그게 무슨 말씀이십니까?"

"세자라는 놈이 이렇게 아비를 능욕하느냐?"

세자와 세자빈이 고개를 숙였다. 임금이 무슨 까닭으로 화를 내는지 알 수 없었다. 하지만 임금이 화를 내니 아무 말도 할 수 없었다.

"아비를 무릎 꿇렸던 오랑캐의 물건을 좋다고 가지고 와서 늘어놓다니. 네놈이 지금 제정신이냐? 네가 그동안 오랑캐 물이 들어도 단단히 들었구나."

임금이 세자를 대하는 태도나 말투가 왜 그랬는지 이제야 할 것 같았다. 세자가 고개를 들고 임금을 쳐다봤다.

"아바마마, 8년 전 일은 잊으시옵소서. 청은 더 이상 오랑캐의 나라가 아닙니다. 그들은 서양의 문물을 받아들여 점점 더 강해지고 있습니다. 이제 조선도 강해지기 위해…."

"듣기 싫다. 썩 나가거라."

임금이 버럭 소리쳤다.

"아바마마!"

"전하!"

세자와 세자빈이 이야기를 들어 달라고 임금에게 호소했지만, 임금은 들으려고도 하지 않았다.

"이 물건들은 모두 창고에 집어넣어라. 개인적으로 물건을 가지고 가는 자가 있으면 엄벌할 것이다."

임금이 세자가 가지고 온 물건들을 가리키며 명령했다.

"예!"

"아바마마, 이 물건들이 백성의 삶을 도와줄 것입니다. 부디 명을 거두어 주십시오."

세자가 임금 앞에 엎드려 청했다. 하지만 임금은 내관을 향해 더 큰 소리로 명령했다.

"이 해괴망측한 것들을 내 눈앞에서 썩 치워라."

내관들이 들어와 물건을 들고 나갔다. 세자가 어떻게든 막아보려 했지만, 어명이었다. 누구도 거역할 수 없었다. 힘들게 구해 온 물건들이 창고에 처박혔다.

8년 만에 돌아온 고국이었지만, 세자는 기쁨보다 근심이 더 컸다. 커다란 벽을 마주하고 선 기분이었다. 문을 찾아보았지만 보이지 않았다. 세자가 한숨을 내쉬었다.

다음 날, 세자는 이른 아침에 찔레의 처소를 찾았다. 세자빈이 찔레에게 궁녀가 묵는 방 한 칸을 내어 준 것이다.

"찔레 안에 있느냐?"

세자의 목소리였다. 찔레가 서둘러 밖으로 나갔다.

"저하, 어찌 이곳까지 오셨습니까? 사람을 보내시지 않고요."

"찔레야, 혹시 네가 전에 읽던 《기기도설》의 내용을 기억하느냐?"

"어렴풋이 기억이 납니다. 책을 보면서…."

모든 내용을 기억할 수는 없었다.

"책이 없어서 그런다."

"예? 어찌?"

"아바마마께서 호조의 창고에 넣어 두고 사사로이 아무에게도 보이지 말라고 하셨다."

잠시 숨을 고른 세자가 말을 이었다.

"네가 그 책으로 공부했으니 내용을 어느 정도 알 것 같아서 왔다."

"기억을 되살려 보겠습니다."

"그래. 고맙다. 책에 나온 그 물건을 만들어야겠다. 무거운 돌도 힘들이지 않고 들어 올리는 물건 말이다. 그걸 만들어 아바마마께 보여 드리면 내가 가지고 온 물건들을 다시 돌려주시고 사람들에게 보이는 것도 허락하실 것이다."

세자의 얼굴은 설렘으로 가득했다. 세자에겐 찔레가 한 줄기 희망이었다. 찔레는 세자를 실망시키고 싶지 않았다. 세자가 선공감*의 관리들을 한자리에 모이도록 명해 찔레에게 《기기도설》의 내용을 배우도록 했다.

"뭐야? 저렇게 어린 계집애에게 배우라고?"

"아무리 세자 저하지만 이건 너무하신 거 아닌가?"

"그러게나 말일세. 저거 봐. 아직 어린 풋내기잖아."

선공감 뜰에 모인 관리들이 찔레를 앞에 두고도 제멋대로 지껄이고 있었다.

---

* 조선시대 공조에 속한 기관으로 토목 공사나 건물의 건축과 관련된 일을 하던 기관

"나리들, 계집에게 배우면 안 된다는 법이라도 있습니까?"

찔레가 관리들을 향해 말했다.

"뭐야? 이년이 지금 뭐라는 거야? 오냐. 저하께서 네 뒤를 봐주신다 이거냐?"

"너한테 배우느니 집에서 키우는 개를 스승으로 모시겠다."

찔레의 말에도 관리들은 언성을 높이거나 뒷짐만 지고 움직일 생각을 안 했다.

"배울 생각이 없으면 집으로 가게. 대신, 관복은 벗어 두고 가게."

뒤에서 들리는 소리에 관리들이 돌아봤다. 세자를 알아본 관리들이 고개를 숙였다.

"여인이라서 안 되고, 신분이 천해서 안 된다 하면 무슨 일을 할 수 있겠는가? 나라를 부강하게 하는데 남녀가 어디 있고, 신분의 귀천이 어디 있다는 말인가?"

"하지만 저하! 선공감의 일이란 것이 힘을 써야 하기에 여인들은 할 수 없습니다."

나이가 많아 보이는 관리가 세자를 향해 말했다.

"자네, 말 한번 잘했네. 선공감에서 하는 일을 돕기 위해서 저 아이에게 배우라는 것일세. 지금까지는 사람의 힘에만 의지했다면, 이제부터는 힘은 덜 들이고 더 빨리 튼튼한 건물을 지을 수 있을 걸세. 안 그러냐?"

세자가 찔레를 보며 물었다. 찔레가 세자를 보며 고개를 끄덕였다. 선공감 관리들은 더는 반박할 말이 없었다. 세자가 찔레를 향해 눈짓했다. 시작하라는 뜻이었다. 찔레가 세자를 향해 고개를 숙였다.

"나리들, 이쪽으로 모여 주십시오."

관리들이 쭈뼛대며 찔레 쪽으로 모였다. 세자가 지켜보고 있으니 찔레 말을 따르지 않을 수 없었다.

"이곳에 줄을 매달아 당기면 힘을 적게 들이고도 돌을 들어 올릴 수 있습니다."

찔레의 설명에 관리들은 못 믿겠다는 표정이었다. 게다가 돌을 옮기는 일은 부역* 나온 이들에게 시키면 될 일이었다.

"돌을 나르는 건 장정들 서넛이 붙으면 되는 일 아니더냐? 굳이 그런 물건을 만들 까닭이 뭐가 있어?"

설명을 듣던 관리 한 명이 불만이 가득한 표정으로 찔레를 쳐다봤다.

"그동안 성을 쌓을 때 무거운 돌을 옮기다가 다친 사람이 부지기수입니다. 다치지 않고, 힘도 덜 들일 수 있을 것입니다."

찔레가 다시 설명을 시작했다. 며칠 동안 알아듣기 쉽게 설명했지만, 아무도 찔레의 말을 귀담아듣지 않았다. 시간만 갈 뿐이었다. 찔레는 포기하지 않고 다른 방법을 찾았다.

'그렇다면 직접 보여 주는 수밖에.'

---

* 국가나 공공 단체가 특정한 공익사업을 위해 보수 없이 국민에게 의무적으로 책임을 지우는 노역

처마 밑에 앉아 잡담하는 관리들을 보고 찔레가 말했다.

"나리들, 오늘은 우물로 모여 주시기 바랍니다."

"뭐? 우물? 우리보고 빨래라도 하라는 말이냐?"

그 말에 관리들이 킥킥대며 웃었다.

"보여 드릴 것이 있습니다."

관리들은 찔레의 말에 떨어지지 않는 발걸음을 옮겼다. 언제 세자가 나타날지 모를 일이었다. 우물가에 도착한 찔레는 두레박을 우물 안으로 집어던진 후 줄을 당겼다. 찔레는 두레박에 가득한 물을 항아리에 부었다. 찔레는 또 한 번 두레박을 우물 안에 던졌다. 찔레는 계속 물을 길어 항아리에 부었다.

"이년! 지금 우릴 세워 두고 뭘 하는 것이냐?"

마지막으로 항아리에 물을 부은 찔레가 관리들을 향해 입을 열었다.

"나리들, 이 항아리를 들어 보시겠습니까?"

"뭐라고? 물을 가득 채운 항아리를 어떻게 든단 말이냐?"

찔레가 관리들을 둘러보았다.

"바로 그것입니다. 물이 가득 든 항아리를 드는 것은 불가능합니다. 하지만 저 두레박이 여러 개 매달려 있다면 항아리에 가득 담긴 물을 한번에 들어 올릴 수 있습니다. 제가 나리들과 만들고자 하는 것이 바로 그것입니다."

"그것이 어떻게 가능하단 말이냐?"

주부* 최종석이 물었다.

"가능합니다. 이 항아리에 수십 개의 줄을 매단다고 생각해 보십시오."

"그럼 수십 명이 줄을 당겨야 하는 것 아니냐?"

최종석은 어느새 찔레의 말에 호기심을 갖기 시작했다.

"그렇지 않습니다. 제가 청나라에서 본 책에는 두어 사람의 힘으로 무거운 돌을 들 방법이 나와 있었습니다."

"뭐라? 두어 사람?"

"예. 나리, 저를 도와주십시오. 조선을 더 부강하게 하는 길입니다."

우물가에 모인 선공감 관리들이 서로를 쳐다보며 웅성거렸다. 최종석이 찔레에게 다가왔다.

"그동안 미안했다. 널 무시한 우리를 용서하거라."

최종석이 얕게 고개를 숙였다. 찔레가 어쩔 줄 몰라 손을 내저었다.

"나리, 왜 이러십니까?"

"그래, 무엇부터 하면 되겠느냐?"

최종석이 찔레에게 묻더니 다른 관리들을 향해 말했다.

"나는 이 아이가 하자는 일에 함께하겠네. 자네들은 어쩌겠는가?"

---

* 조선 시대 종6품 관직의 이름

관리들은 서로 눈치만 봤다. 그중 한 명이 고개를 끄덕이며 함께하겠다고 했다. 다른 관리들도 고개를 끄덕이며 함께하겠다고 했다. 몇 사람은 떨떠름한 표정이었지만, 싫다고 할 수 없는 노릇이었다.

그날 이후, 선공감 관리들은 찔레의 말에 따라 움직이기 시작했다. 찔레가 책에서 봤던 내용을 떠올리며 그림을 그렸다. 그림을 보며 원리를 설명하고 어떻게 만들지 의논했다.

"여기 이 활차*가 힘이 덜 들게 하는 역할을 합니다. 활차를 여러 개 매달 수 있는 지지대를 만들어야 합니다. 그런 다음…."

찔레는 관리들에게 책에서 봤던 내용을 자세히 설명했다. 관리들은 이제 찔레의 말을 믿고 함께 힘을 모았다. 찔레도 자신을 믿고 함께해 주는 관리들이 고마웠다.

일은 순조롭게 진행되었다. 선공감 뜰에는 활기가 넘쳤다. 어떤 이는 커다란 나무를 가져와서 지지대를 세우고, 어떤 이는 대장간에 가서 활차를 대량으로 만들어 왔다. 달포**가 지났다. 선공감 뜰에는 커다란 나무 지지대에 쇠로 만든 활차가 주렁주렁 달린 물건이 만들어졌다. 찔레와 선공감 관리들은 한마음이 되어 열심히 일했다.

---

* 도르래
** 한 달이 조금 넘는 기간

"두 분 나리께서 이 장치를 돌려 보시지요."

찔레가 최종석과 직장* 박석기에게 말했다. 최종석이 고개를 젓더니 찔레에게 말했다.

"아니다. 네가 하거라. 모두 네 머릿속에서 나온 것이 아니더냐?"

커다란 돌덩이가 줄에 묶여 작은 쇠바퀴와 연결되어 있었다. 함께 만든 물건이 과연 제 기능을 할지 시험해 보려는 것이었다.

"양쪽에서 당기는 것이니 이쪽은 주부 나리께서 당기시고, 저쪽은 찔레 네가 당겨 보면 되지 않겠느냐?"

박석기가 최종석과 찔레를 보며 말했다. 모두가 그러는 것이 좋겠다며 웃었다. 두 사람이 양쪽에 서서 줄이 감긴 손잡이를 잡았다. 돌덩이는 장정 대여섯 명이 함께 힘을 써야 겨우 들 수 있을 정도로 크고 무거웠다. 찔레는 손잡이를 잡고 마음속으로 천주님께 기도했다. 부디 성공하게 해달라고 간절한 마음을 담았다.

'천주님, 이 물건이 조선의 수많은 백성을 돕게 하소서.'

그동안 성을 쌓거나 건물을 지으며 수많은 사람이 죽거나 다쳤다. 무거운 나무나 돌을 옮기다가 깔리는 경우도 많았다. 지금 눈앞에 있는 이 물건이 돌을 들어 올릴 수 있다면 그런 일은 없어질 것이었다.

"자! 하나, 둘, 셋 하면 함께 당기자꾸나."

최종석의 말에 찔레가 고개를 끄덕였다. 손잡이를 잡은 손에

---

* 조선 시대 종7품의 관직 이름

힘이 들어갔다.

"멈추시오! 어명이오!"

의금부 관원들이 뜰로 들어서며 소리쳤다. 찔레가 뒤를 돌아봤다.

"무슨 일이오?"

최종석이 관원들을 보며 물었다.

"어명이오. 지금 당장 선공감 관리들 모두 선정전으로 가시오."

"선정전? 거긴 불에 탄 곳 아니오?"

"그렇소. 오늘부터 선정전 재건 공사를 시작하라는 어명이 있었소."

"나리, 잠시만 시간을 주십시오. 이것만 시험해 보면 됩니다."

찔레가 놓쳤던 줄을 다시 잡으며 말했다.

"안 된다. 지금 당장 선정전으로 가라는 주상 전하의 명이시다. 여봐라, 이 물건을 당장 해체하거라."

의금부 관원의 명령에 병사들이 칼과 도끼를 들고 덤벼들어 나무 기둥을 묶었던 끈과 작은 쇠바퀴를 떼어 냈다.

"왜 이러십니까? 이 물건은 저희가 힘들게 만든 것입니다."

찔레가 병사들에게 달려들어 말렸지만, 소용없었다. 병사 한 명이 우악스럽게 찔레를 떼어 냈다. 의금부 병사들이 선공감 관리들을 끌고 나갔다. 선공감 관리들이 모두 나가고 뜰에는 찔레만 덩그러니 남았다. 찔레가 힘없이 땅바닥에 주저앉았다. 그동안의 노력이 물거품이 되는 순간이었다.

"저하! 천주님!"

찔레의 입에서 안타까움과 원망 섞인 한숨이 새어 나왔다.

선공감 뜰에 병사들이 들이닥치기 한 시진 전, 임금이 세자를 불렀다. 세자가 임금에게 절을 하고 자리에 앉으려 했다.

"선공감 관리들을 사사로이 데려다가 무슨 일을 꾸미는 것이야?"

세자가 앉기도 전에 임금이 소리를 질렀다.

"전하, 관리들을 사사로이 데려다 쓴 죄는 달게 받겠습니다. 하지만 건물이나 성을 지을 때 백성들의 노고를 덜어 주고 더 튼튼하게 짓기 위한 기구를 만들고 있사옵니다."

"당장 그만두거라."

"아바마마, 지금 모두 한마음이 되어 열심히 하고 있습니다. 조금만 기다려 주시면 완성할 수 있습니다."

"공조판서에게 명을 내렸다. 선공감은 오늘부터 편전* 재건을 준비할 것이다."

"지금 제가 하려는 일이 성공하면 조선의 기술은 비약적으로 발전할 것입니다. 아바마마, 저를 믿고 맡겨 주시면…."

---

* 왕과 신하들이 일상 업무를 보던 전각을 뜻한다. 여기서 가리키는 창덕궁의 편전은 선정전이다. 선정전은 임진왜란과 인조반정 때 화재로 소실되었다가 인조 25년(1647년)에 재건되었다.

"시끄럽다. 당장 나가거라."

세자는 쫓겨나듯 희정당을 나왔다. 선공감으로 향하던 세자는 조금 전 선공감에서 있었던 일에 관해 들었다. 처소로 돌아온 세자는 깊은 상심에 빠졌다. 지금까지 한 일이 모두 허사가 되고 말았다. 세자가 쓰러지듯 방바닥에 앉았다. 몸에서 모든 힘이 빠져 나간 듯했다.

"저하, 저하!"

아침에 일어나 옷을 갈아입던 세자가 갑자기 쓰러졌다. 세자 처소에 있던 궁녀들이 놀라 세자의 몸을 주물렀다. 몸이 불덩이였다.

"어서 주상 전하와 세자빈 마마께 알리게."

내관이 궁녀들에게 이야기했다.

세자가 쓰러진 그 시각, 세자빈 쩔레와 마주 앉아 이야기를 나누고 있었다.

"마마, 천주님 이야기를 해 주니 궁녀들도 관심을 보이고 있습니다."

"그래? 잘되었구나. 네가 궁에 와서 여러모로 큰일을 하고 있구나."

"아닙니다. 저하와 마마를 도울 수 있어 기쁩니다."

세자와 세자빈은 궁녀들이 천주학을 배울 수 있도록 했다. 밤마다 찔레는 궁녀들을 모아 천주학에 관해 이야기를 들려주었다.

"정말 청나라 교회에서는 모든 사람이 차별 없이 지낸단 말입니까?"

"예. 그렇습니다."

"우리에게도 그런 날이 올까?"

궁녀 한 명이 한숨을 쉬며 말했다.

"예. 그럴 겁니다. 물론 저절로 오진 않겠지요. 우리가 힘을 합쳐 만들어야지요."

찔레가 웃으며 말했다.

"우리가요? 그건 말도 안 됩니다. 우리 궁녀들은 궁에 들어온 이상 죽기 전엔 밖으로 나갈 수도 없는데 무슨 수로요?"

"세자 저하께서 도와주실 것입니다. 그때까지 우리는 열심히 천주학을 배우도록 해요."

찔레는 세자가 보위에 오르면 반드시 그런 세상이 올 것이라고 믿었다.

"선공감에서 있었던 일을 들었다. 네가 상심이 크겠구나."

세자빈의 말에 찔레의 표정이 어두워졌다.

"예. 너무 속상했습니다. 하지만 언젠가는 다시 만들 수 있을 것입니다. 이번에 만들면서 그 과정을 잘 기록해 두었습니다."

찔레가 이야기하며 애써 웃었다. 그때, 밖에서 세자빈을 찾는 소리가 들렸다.

“마마, 급히 세자 저하 처소로 가셔야겠습니다.”

“무슨 일이냐?”

“저하께서 쓰러지셨습니다.”

“뭐? 저하께서?”

세자빈과 찔레가 서둘러 세자의 처소로 향했다. 세자의 처소에는 이미 어의가 와 있었다. 세자가 쓰러졌다는 소식을 들은 임금이 보낸 것이다. 세자의 상태를 살핀 어의가 입을 열었다.

“학질*입니다.”

“학질?”

학질은 모기에 물려 감염되는 병이었다. 아직 봄이었다. 모기에 물린다는 건 말이 안 되는 일이었다. 세자빈이 어의에게 다시 물었다.

“모기도 없는 시기에 학질이라니?”

“하오나 증세가 그렇사옵니다. 시침하고 탕약을 올리겠습니다.”

어의가 세자의 몸에 침을 꽂았다. 잠시 후, 의녀가 탕약을 가져왔다. 하지만 세자는 탕약을 삼키지 못했다. 밤새 열과 오한으로 힘들어하던 세자가 새벽이 되어서야 겨우 잠들었다.

“열이 내렸습니다. 차차 좋아지실 것입니다.”

어의의 말에 세자빈이 안심하며 한숨을 쉬었다.

---

* 말라리아

"그래. 고생했소."

세자빈이 잠든 세자의 얼굴을 바라봤다. 찔레가 선공감 관리들과 만든 물건에 큰 기대를 걸었던 세자였다. 임금의 반대로 그동안의 노력이 허사가 된 후 세자는 너무나 힘들어했다. 세자가 바라는 세상이 어떤 것이며, 세자가 어떤 노력을 해 왔는지 알고 있는 세자빈도 상심이 컸다.

"저하, 너무 상심하지 마세요. 쾌차하셔서 다시 전하를 설득하시면 되지 않습니까?"

세자빈이 잠든 세자에게 이야기했다. 잠들어 듣지는 못하겠지만 마음이라도 전해지길 바랐다. 세자가 훌훌 털고 일어나길 바랐다.

세자빈의 바람과는 달리 세자는 병석에 누운 지 사흘 만에 숨을 거두었다. 병이 낫고 있다는 말에 그런 줄 알았는데, 마른하늘에 날벼락 같은 일이었다. 매일 어의가 와서 침을 놓고 갔다. 어의는 분명히 세자의 병세가 점점 나아지고 있다고 했다.

"마마, 저하께서 승하하셨습니다."

"뭐? 승하라니?"

어의가 세자빈에게 세자의 죽음을 알렸다. 분명히 병세가 나아지고 있다고 했다. 그런데 갑자기 세자가 숨을 거두었다. 밖에 있던 찔레가 급히 안으로 들어왔다. 어의가 세자의 몸에 흰 천을 덮었다.

"잠시 멈춰 주세요."

찔레가 어의를 막아섰다. 흰 천 사이로 보이는 세자의 얼굴을 보며 낯빛을 살폈다. 검게 변한 세자의 얼굴은 자신이 알던 모습이 아니었다. 조금 전에 숨을 거둔 사람의 낯빛이 아니었다. 게다가 세자의 귀와 코, 입에서는 검은 피가 흘러나와 베개를 적셨다.

"저리 비키거라."

어의가 찔레를 노려보더니 서둘러 세자의 얼굴에 흰 천을 덮었다.

"어의 영감, 저하의 얼굴이 어찌?"

찔레가 어의를 향해 물었다. 어의는 찔레를 향해 낮은 소리로 호통쳤다.

"어허! 네가 뭘 안다고 나서느냐? 저리 물러나거라."

찔레는 어쩔 수 없이 뒤로 물러섰다. 물러나 앉았지만, 찔레의 눈은 어의의 행동을 유심히 살폈다. 무언가에 쫓기듯 서둘렀으며 손이 떨리고 있었다.

"저하, 저하!"

세자빈이 세자의 시신 옆에 엎드려 통곡했다. 찔레의 눈에서도 눈물이 흘렀다. 조선으로 돌아온 지 석 달이 채 되지 않아 벌어진 일이었다.

세자는 강건한 체질은 아니었다. 늘 속병이 있었고, 음식도 잘 먹지 못할 때가 많았다. 청나라에 있을 때도 찔레가 늘 탕약을 달여 올렸다. 그러나 이렇게 갑자기 숨을 거둘 만큼 병약한 것은 아니었다. 게다가 8년 만에 고국으로 돌아온 세자는 기쁨을 감추지 못했다. 늘 활기가 넘쳤다. 청에서 가져온 신식 물건과 책을 신하들에게 소개할 생각에 설렜다. 임금에게 귀국 인사를 하는 자리에서도 조선도 힘이 센 나라가 되기 위해 과학기술을 발전시켜야 한다고 주장했다.

"찔레야, 반상과 남녀의 차별이 없는 세상이 올 것이다. 그동안 얽매여 있던 것을 다 털어 버리고 새로운 세상을 만들 것이야. 천주님께서 우리를 도와주실 것이다."

세자는 희망에 부풀어 있었다. 그러나 꿈을 펼쳐 보기도 전에 숨을 거두고 말았다. 그의 꿈과 찔레의 꿈이 모두 사라져 버렸다.

을유년 사월 스무엿새 날*이었다.

---

* 1645년 4월 26일(음력)

다시 떠나는 길

해가 바뀌었다. 세찬 북풍이 몰아치던 어느 날, 강빈*의 처소에 의금부 병사들이 들이닥쳤다.

"강빈은 밖으로 나오시오. 처소의 궁녀들을 모조리 잡아들이라는 어명이오."

방 안에 있던 강빈과 찔레가 놀라 밖으로 나왔다. 강빈 처소의 궁녀들은 이미 바닥에 무릎을 꿇고 있었다.

"궁녀들을 잡아들이라니? 어찌 그러는 것이냐?"

수라에 올린 전복에서 독이 나왔다고 했다. 전복은 기력이 떨어진 임금을 위해 강빈이 올린 것이었다.

"독이라니? 그게 무슨 말인가?"

강빈이 의금부 도사에게 물었다.

---

* 소현세자가 죽은 후 세자빈(민회빈 강씨)을 부르던 호칭

"저희도 그 영문을 몰라 이곳에 온 것입니다."

강빈 처소의 궁녀 모두 의금부에 끌려갔다. 찔레도 몸이 묶인 채 의금부로 향했다. 의금부에 끌려간 이들은 모진 고신을 당해야 했다. 하지만 아무리 고신을 해도 누구 하나 전복에 독을 넣었다고 말하는 이가 없었다. 누구도 그런 일을 하지 않았기 때문이다.

찔레가 절뚝이며 강빈의 처소로 돌아왔다. 온몸에 고신의 흔적이 남아 있었다.

"찔레야, 괜찮으냐?"

찔레가 고개를 끄덕였다. 하지만 고통을 견디기 힘든지 얼굴을 찡그렸다. 강빈이 찔레를 자리에 눕혔다.

"마마!"

찔레가 누운 채 강빈을 불렀다.

"왜 그러느냐? 뭐 필요한 것이 있느냐?"

찔레가 힘겹게 입을 열었다.

"마마, 이건 모함입니다."

강빈은 아무 말 없이 가만히 찔레의 눈을 바라봤다. 찔레의 눈에 물기가 가득했다. 강빈 처소의 누구라도 모함임을 알고 있었다. 하지만 독을 넣지 않았다는 사실을 밝히는 일은 불가능했다.

"찔레야, 애쓰지 말거라."

강빈이 찔레에게 이불을 덮어 주며 말했다. 찔레는 깊은 잠에 빠져들었다.

얼마 후, 강빈을 폐출*하라는 어명이 내려졌다. 강빈은 찔레만 데리고 사가로 쫓겨났다. 강빈이 전복에 독을 넣었다는 어떤 증거도 나오지 않았지만, 임금의 뜻은 완강했다. 세자로 책봉된 봉림대군과 신하들이 말렸지만, 임금은 뜻을 굽히지 않았다.

사가의 작은방에 강빈과 찔레가 마주 앉았다.

"찔레야, 이만하면 됐다. 그만 떠나거라."

"마마, 어찌 자꾸 그런 말씀을 하십니까?"

"저하께서 살아 계셨을 때도 늘 네게 미안해하셨다. 네 아버지와 동생이 어찌 되었는지 저하와 나도 어렴풋이나마 알고 있었다. 그래서 저하께서는 널 볼 때마다 마음 아파하셨다. 이제 저하도 떠나셨고, 나도 곧…."

강빈이 말을 잇지 못했다.

"마마, 그런 말씀 마시옵소서. 시간이 지나면 전하께서도 사실을 아시게 되실 것입니다. 그렇게 되면 노여움을 푸실 것입니다."

찔레의 말에 강빈이 고개를 저었다.

"아니다. 그렇지 않아. 찔레야, 어디든 가서 자유롭게 살아라."

말을 마친 강빈이 비단 주머니 한 개를 찔레에게 건넸다. 찔레가 주머니와 강빈을 번갈아 봤다.

"저하의 묵주다. 네가 간직하거라."

---

* 관직을 떼어 내고 궁궐에서 쫓아냄

"예? 저하의 물건을 어찌 제가 감히…."

"저하께서도 기뻐하실 거야. 잘 간직해 다오."

찔레가 주머니를 열어 묵주를 꺼냈다. 세자의 손때가 묻어 있었다. 찔레의 눈에서 눈물이 뚝 떨어졌다. 묵주를 다시 주머니에 넣으려던 찔레가 종이 한 장을 발견했다.

"이것은 무엇입니까?"

"저하께서 북경을 떠나며 황제께 받아 오신 것이다. 탕 신부께서 조선에 보낼 신부가 도착하면 알려 주신다고 했다. 그럼 누군가 북경으로 가서 신부를 모셔 와야 하지 않겠느냐? 아마도 저하께선 널 보내려고 하신 모양이다. 황제께서 주신 통행증이다. 이젠 쓸모가 없어졌지만, 저하의 마음이라 생각하거라."

그때, 밖에서 소리가 들렸다.

"폐세자빈 강씨는 나와서 어명을 받으시오."

깜짝 놀란 찔레가 강빈을 쳐다봤다. 강빈은 이런 일이 있을 거라 예상이라도 한 듯 차분했다. 찔레를 보며 미소까지 지었다.

"이제 저하를 뵈러 가야 할 때가 되었구나."

"마마!"

찔레가 강빈을 향해 엎드렸다. 강빈이 찔레의 어깨를 감싸 안았다.

"슬퍼 말거라. 나는 저하를 다시 만날 생각에 기쁘구나."

강빈이 방문을 열고 마당으로 나갔다. 찔레가 강빈을 따라 밖으로 나왔다. 마당엔 깔린 멍석 위에 작은 상이 있었다. 상 위엔 사약이 놓여 있었다. 의금부 도사가 어명을 읽었다.

"임금이 먹을 음식에 독을 넣어 죽이려고 한 자를 억지로 임금의 자식이라고 하니 이것이 모욕이 아니고 무엇이겠는가? 죄인 강씨는 임금을 해하려고 한 자이다. 그러므로 한시라도 목숨을 부지하게 할 수 없는 일이다. 따라서 죄인 강씨를 사사*한다."

강빈이 자리에서 일어나 궁궐 쪽을 보고 큰절하더니 약사발을 들었다.

'저하, 곧 저하를 뵙게 됩니다. 조금만 기다려 주십시오.'

강빈은 담담하게 어명을 받들었다. 긴 볼모 생활에서 서로에게 힘이 되어 주었던 세자와 세자빈은 이제 하늘에서 만나게 될 것이었다. 찔레가 눈물로 강빈을 떠나보냈다.

"마마! 강빈 마마!"

강빈은 약사발을 상 위에 내려놓더니 입에서 피를 흘리며 쓰러졌다. 남편인 소현세자가 죽은 지 채 한 해도 지나지 않은 병술년 삼월 보름날**이었다.

강빈의 장례가 끝나자 찔레는 길을 나섰다. 강빈이 떠나던 날, 찔레는 마음속으로 앞으로 어떻게 살아갈지 정했다.

---

* 죽일 죄인을 대우하여 임금이 독약을 내려 스스로 죽게 하던 일
** 1646년 3월 15일(음력)

찔레는 탕 신부에게 가기로 마음먹었다. 조선 땅엔 자신이 의지하고 지낼 곳이 없었다. 찔레가 지는 해를 바라보며 걸었다. 문득 고개를 돌려 바라본 곳에 찔레꽃 몇 송이가 때 이르게 피어 있었다. 찔레는 청나라에서 세자와 이야기 나누던 때를 떠올렸다.

"찔레야, 가만 보면 너는 이름값을 하는구나."

세자의 말이 무슨 뜻인지 몰라 찔레가 가만히 있었다. 세자가 찔레를 바라보며 말했다.

"찔레꽃은 작고 여린 듯하지만, 가시가 자신을 스스로 지켜 주지. 꽃이 지고 나면 붉고 단단한 열매를 맺지 않더냐? 노예 시장에서 본 네 모습이 딱 그랬다."

"저하!"

"앞으로도 그렇게 살아라. 누구도 널 얕잡아 보지 못하도록 그렇게 당당하게 말이다."

세자가 찔레를 보며 웃었다. 세자를 만난 후 처음 보는 환한 웃음이었다. 이제는 세상에 없는 세자가 금방이라도 "찔레야!" 부르며 눈앞에 나타날 것만 같았다.

찔레가 잠시 멈추더니 하늘을 올려다봤다.

"저하, 마마! 그곳에서 잘 지내시는지요? 천주님을 만나셨는지요? 천주님, 두 분을 보살펴 주소서. 저하, 제 걱정은 마십시오. 탕 신부님께 가겠습니다. 그곳에서 새로운 삶을 살겠습니다."

찔레는 세자와 세자빈이 앞에 있는 것처럼 이야기했다. 구름 뒤에 숨어 있던 해가 얼굴을 내밀었다. 햇살에 눈이 부셨다. 찔레가 눈을 감았다. 볼을 타고 눈물이 주르륵 흘렀다. 찔레가 옷소매로 눈물을 닦더니 다시 길을 나섰다. 천주학 책에서 본 구절을 떠올렸다.

"너희를 박해하는 자들을 위하여 기도하여라. 그래야 너희가 하늘에 계신 너희 아버지의 자녀가 될 수 있다."*

찔레는 모든 원망을 털어 내고 떠나기로 했다.

찔레가 포구에 도착했다. 찔레가 생선을 손질하던 사내에게 물었다.

"혹시 이곳에서 청으로 가는 배가 있습니까?"

"청나라 말이오?"

"예."

"상인이오?"

"상인은 아닙니다."

"그럼 못 갑니다. 통행증 있는 상인들만 갈 수 있습니다."

"통행증이 있으면 갈 수 있습니까?"

---

* 《마태오 복음서》 중에서

"물론이지요."

"어떤 배가 청으로 가는 것인지 알려 주세요."

사내가 손으로 커다란 배를 가리켰다. 찔레는 사내가 가리키는 배를 향해 걸었다. 배에 도착한 찔레가 통행증을 내밀었다.

찔레가 배에 올랐다. 그동안 있었던 일이 눈앞에 펼쳐졌다. 달래와 헤어져 병사들에게 끌려가던 일, 정명수에게서 자신을 구해 준 정뇌경의 얼굴, 해주댁과 언년이, 도망치다가 잡혔던 일, 세자 부부를 만나 새로운 삶을 살게 되었던 일, 탕 신부를 만나 천주님을 알게 된 일. 지난 일을 떠올리며 찔레는 미소 지었다. 행복했다. 지금 생각하니 자신은 복이 많은 사람이었다.

"천주님, 고맙습니다."

찔레는 소맷자락에서 묵주를 꺼내 가슴에 안았다. 세자 부부와 아버지를 위해 기도했다. 어딘가에 살아 있을 달래가 잘 지내길 기도했다. 청나라로 향하는 배가 긴 꼬리를 남겼다. 찔레가 조선 땅을 향해 손을 흔들었다.

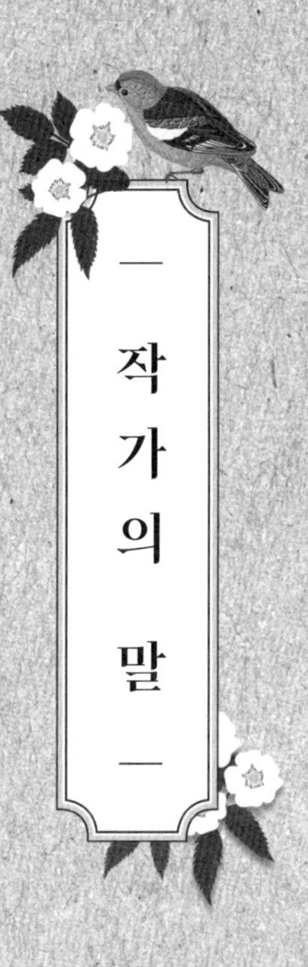

작가의 말

봄에서 여름으로 넘어가는 시기가 되면 들과 산에 하얀 찔레꽃이 핍니다. 찔레꽃을 가만히 보고 있으면 마음이 편안해집니다. 그런데 작고 예쁜 꽃에는 슬픈 설화가 전해져 내려옵니다.

고려 시대 공녀로 원나라에 끌려간 찔레의 이야기입니다. 찔레는 아버지, 동생 달래와 함께 삽니다. 찔레는 고려를 침략했다가 돌아가는 몽골군에게 공녀로 끌려갑니다. 찔레가 끌려간 후 아버지는 딸을 지키지 못한 것을 비관하여 목을 매 자살합니다. 아버지의 죽음을 곁에서 지켜본 달래는 그 충격으로 언니를 찾겠다고 집을 나가 행방을 알 수 없습니다. 공녀로 끌려간 찔레는 원나라에서 고생하며 지내는데, 잘 먹지도 자지도 못합니다. 고향을 그리워하는 찔레의 마음을 알게 된 원나라 귀족의 도움으로 찔레는 다시 고향에 돌아오게 됩니다. 하지만 고향엔 자신을 반겨 줄 가족이 없습니다. 아버지의 죽음에 좌절한 찔레는 동생이라도 다시 찾겠다는 마음으로 집을 나서지만, 끝내 동생을 찾지 못하고 죽게 됩니다. 찔레가 죽은 자리에 하얀 꽃이 피어났는데 찔레의 이름을 따서 찔레꽃이라고 불렀다고 합니다.

저는 전쟁에 관심이 많습니다. 하지만 전쟁의 승패에는 관심이 없습니다. 권력자의 명령에 따라 창과 칼을 들고 전쟁터에 나갔을 백성들을 생각하면 마음이 아픕니다. 그들은 누군가의 아들, 딸이며 누군가의 어미, 아비입니다. 돌격하라는 명령 한 마디에 목숨을 던져야 했습니다. 수많은 죽음 위에서 승리를 외치는 장군의 모습을 상상하면 화가 납니다.

우리나라는 수많은 전쟁을 겪었지만, 그중에서도 병자호란의 결과는 참담했습니다. 조선의 수많은 백성이 청나라 수도 심양으로 끌려가서 노예의 삶을 살았습니다. 심지어 시장에 내다 파는 물건 신세가 되기까지 합니다. 병자호란 당시의 난중일기라 할 수 있는, 나만갑이 지은《병자록》에 보면 전쟁 이후 "청나라 수도 인근 60만 인구 중 상당수가 조선인이었다"고 합니다. 얼마나 많은 사람이 가족과 생이별하고 끌려갔는지 알 수 있습니다.

전쟁에서 패한 대가로 청나라에 볼모로 끌려간 소현세자는 이런 모습을 보며 강한 나라를 만들어야겠다고 다짐합니다. 청나라가 명나라를 멸망시키고 북경으로 입성했을 때 소현세자는 청나라 황제와 함께 북경으로 갑니다. 그곳에서 독일 예수회 신부인

아담 샬을 만나 서양 과학기술을 접하게 됩니다. 그 기술을 조선에 가지고 와서 전파하려 했지만, 아버지 인조의 시선은 차갑기만 합니다.

역사에 관해 말할 때 '만약'은 의미가 없다고 합니다. 그러나 이 소설은 그 '만약'에서 시작되었습니다. 무엇보다 소현세자가 조선에 전파하고자 했던 과학기술은 '백성을 위한 것'이었습니다. 백성이 잘 먹고 잘 지내며 마음 편하게 살 수 있는 나라를 만들고 싶었을 것입니다. 그 꿈은 좌절되었지만, 현재를 사는 우리에게 그 마음만은 충분히 전해지리라 생각합니다.

소설에 나오는 찔레가 세례를 받는 장면은 창작 과정에서 '만약'이라는 질문을 던지며 설정한 것으로 사실과는 다름을 밝힙니다. 우리나라의 첫 영세자(세례받은 사람)는 1784년 이승훈(세례명 베드로)입니다. 찔레로 대표되는 조선 시대의 모든 백성이, 오늘날 이 글을 읽은 당신이 행복했으면 좋겠습니다.

찔레꽃 피는 계절에

심진규

오늘의 청소년 문학 42

다른 포스트

뉴스레터 구독

조선 소녀 찔레

초판 1쇄 2024년 6월 24일

지은이 심진규

펴낸이 김한청
기획편집 원경은 차언조 양선화 양희우 유자영
마케팅 정원식 이진범
디자인 이성아
운영 설채린

펴낸곳 도서출판 다른
출판등록 2004년 9월 2일 제2013-000194호
주소 서울시 마포구 동교로 27길 3-10 희경빌딩 4층
전화 02-3143-6478 **팩스** 02-3143-6479 **이메일** khc15968@hanmail.net
블로그 blog.naver.com/darun_pub **인스타그램** @darunpublishers

ISBN 979-11-5633-621-1 44810
ISBN 978-89-92711-57-9 (세트)

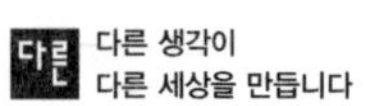